Viriato Corrêa

CAZUZA

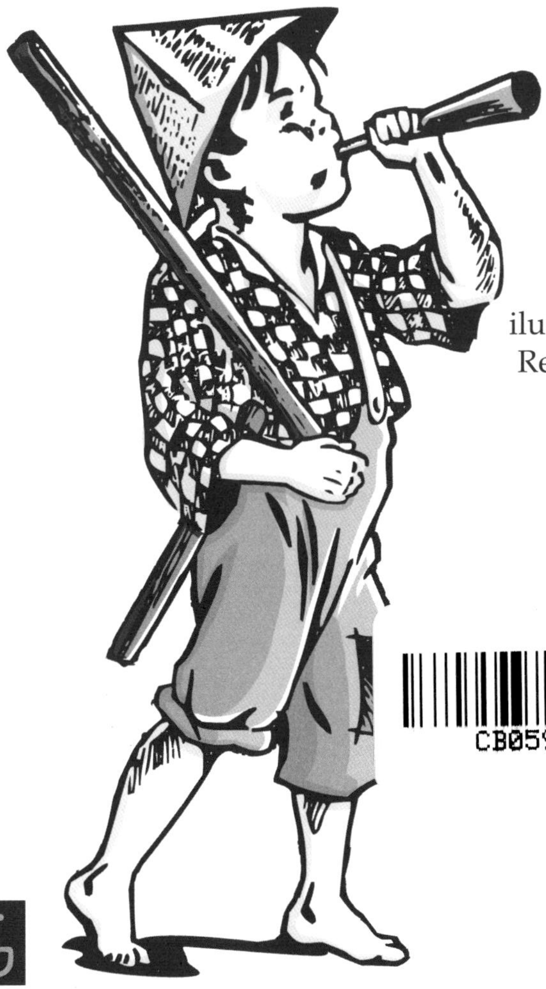

ilustrações de
Renato Silva

CB059567

ibep jovem

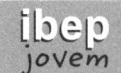

Cazuza © herdeiros de Viriato Corrêa, 2011

Gerente editorial Célia de Assis
Edição Edgar Costa
Assistência editorial Simone Silva
Coordenação de arte Karina Monteiro
Assistência de arte Marília Vilela
Tomás Troppmair
Produção editorial José Antonio Ferraz
Assistência de produção editorial Eliane M. M. Ferreira
Ilustração Renato Silva
Revisão Rhodner Paiva

Dados Internacionais de Catalogação na Publicação (CIP)
(Câmara Brasileira do Livro, SP, Brasil)

Corrêa, Viriato, 1884-1967.
Cazuza / Viriato Corrêa; ilustrações de Renato Silva.
-- 43. ed. -- São Paulo: IBEP, 2011.

ISBN 978-85-342-2854-1

1. Literatura infantojuvenil I. Silva, Renato. II. Título.

CDD-028.5

Índices para catálogo sistemático:
1. Literatura infantil 028.5
2. Literatura infantojuvenil 028.5

2ª. Edição - São Paulo - 2011
Todos os direitos reservados

Av. Alexandre Mackenzie, 619 – Tel.: (11) 2799-7799
CEP 05322-000 – Jaguaré – São Paulo – SP – Brasil
www.editoraibep.com.br
editoras@ibep-nacional.com.br

Gráfica ArFernandez

CAZUZA

A

Olegário Mariano,

velho e querido amigo

Sumário

Por que este livro se chama Cazuza — 8

Parte 1

As calcinhas — 14
Minha terra, minha casa e minha gente — 17
Figuras do povoado — 20
Tia Mariquinhas — 23
A contadeira de histórias — 27
O primeiro dia — 30
Pinguinho — 34
A escola — 38
Passem todos para o bolo! — 40
Aprisionando passarinhos — 43
O jantar de cachorro — 47
O dia de calundu — 51
O velho Mirigido — 54
A aposta de escrita — 57
Na lagoa — 60
Cantadores de viola — 64
O Pata-choca — 68
A sabatina de tabuada — 71
O médico do gaiola — 75
Na roça do Lourenço — 78
A partida — 81

Parte 2

A escola da vila — 88
Gente grande e gente miúda — 91
Os meus amiguinhos — 94
O rico e o pobre — 97
O sapato ferrado e a sandália de veludo — 99
O circo de cavalinhos — 102
Antonico — 105
O padre Zacarias — 110
A cabra pedrês — 113
A latinha de merenda — 116

O vendedor de chinelas — 120
Os que vivem nas alturas — 123
Minha irmã Zizi — 126
Dentro da mata — 129
A vaquejada — 131
O voluntário do Paraguai — 135
O prisioneiro paraguaio — 138
O aniversário da diretora — 144
Fortes e fracos — 147
O apito do gaiola — 151

Parte 3

A cidade — 158
O palhaço — 160
O Bicho Brabo — 163
O professor João Câncio — 167
O Vilares, o Bonifácio e o Gonçalves — 171
O Fagundes e o Espalha-brasas — 174
O Jaime e o Floriano — 177
Que é pátria — 180
Que é o Brasil — 183
O Veloso — 185
A história de Luís Gama — 187
O leilão — 192
A velha Cecé — 197
O Pantaleão — 199
A obra dos brasileiros — 203
O burro — 207
O empate — 211
O desempate — 215
As duas mães — 219
Homenzinho — 222

Por que este livro se chama CAZUZA

Há dez anos, quando morei nas Laranjeiras, era meu vizinho, na mesma rua, um sujeito alto, quarentão, um tanto calvo, que, à hora do meu bonde, descia comigo para a cidade, sobraçando grande pasta de couro.

Nunca lhe soube o nome.

Na rua e no bonde os conhecidos chamavam-lhe Cazuza.

Um dia, o homem bateu à minha porta, pedindo-me cinco minutos de atenção. Entrou, abriu a pasta, tirou de dentro um grosso maço de manuscritos e disse-me:

– São as minhas memórias dos tempos de menino. O senhor, que escreve, veja se isto presta para alguma coisa.

Durante mês e meio não tive tempo de botar os olhos nos manuscritos. Mas, quando os comecei a ler, não vi mais, nem na rua nem no bonde, o homem que mos havia entregue.

Disseram-me que fora forçado a fazer uma viagem inesperada ao Paraná.

Os manuscritos intitulados *História verdadeira de um menino de escola* interessaram-me logo às primeiras linhas.

Era diante de minha família, reunida, que eu lia os capítulos.

Quem mais gostava da leitura eram os meus sobrinhos, meninotes de oito a doze anos. Ou porque conhecessem o autor da história, ou porque a história, de fato, os divertisse, a verdade é que, à noite, estavam eles em derredor de mim, a esperar pela leitura.

No começo, mal terminava o jantar, era com estas palavras que eles insistiam:

– Titio, leia o livro que seu Cazuza escreveu!

Com o correr dos dias a frase ficou mais breve:

– Titio, leia o livro do Cazuza!

Por último, era apenas com três palavras que os meninos exigiam a leitura:

– Leia o Cazuza!

A história verdadeira de um menino de escola ficou reduzida a *Cazuza*.

Passaram-se os tempos, e o homem, do qual eu nunca soube o verdadeiro nome, não mais me apareceu.

Mais tarde, ouvi dizer que havia morrido em Pernambuco.

E lá se vão dez anos e ninguém me reclamou os manuscritos.

Agora, um editor quer publicá-los Não lhes parece que isso é, de alguma maneira, homenagem à memória do autor?

História verdadeira de um menino de escola é um bom título. Mas muito longo.

Achei melhor o título *Cazuza*, que os meninos, sem dar por isso, escolheram.

É mais curto. Profundamente infantil. E profundamente brasileiro.

Parte 1

Jorge Carreiro

Pinguinho

o Pata-choca

Lourenço

o velho João Ricardo

As calcinhas

Não me lembro qual a minha idade quando ficou decidido que, no ano seguinte, eu entraria para a escola.

Mas eu devia ser muito e muito pequeno. Tão pequenino que não pronunciava direito as palavras e ainda chupava o dedo e vestia roupinhas de menina.

Não foram meus pais que me meteram os livros na mão. Fui eu próprio.

Mas não imaginem que eu fosse um menino excepcional, desses meninos prodígios, ajuizados e sisudos, que não riem, não brincam e não saltam, dando à gente a impressão de que já nasceram velhos.

Pelo contrário. Eu era uma criança alegre, traquinas e estouvada, que vivia correndo pelo quintal e fazendo estripulias pela casa.

Dois motivos é que me deram vontade de estudar.

O primeiro deles, as calças. Desde que me entendi, tive a preocupação de ser homem e nunca me pude ajeitar nos vestidinhos rendados de menina. Sempre olhei com inveja os garotos mais taludos do que eu, não porque eles fossem maiores e gozassem regalias que os garotinhos não gozam, mas porque usavam calças.

Minha mãe prometia frequentemente:

– Quando você entrar para a escola deixará dos vestidinhos.

E, por amor às calças, comecei a mostrar amor aos livros.

O segundo motivo é que o primeiro contato que tive com uma escola foi através de uma festa. E ficou-me na cabeça a ideia de que a escola era um lugar de alegria.

Eu conto a vocês.

Havia outrora nos sertões do Norte uma festa que hoje não mais existe em parte nenhuma. Chamava-se a "festa da palmatória".

As escolas antigamente não tinham, às vezes, mobiliário que prestasse, material de ensino que servisse, professores que cuidassem das lições, mas... uma palmatória, rija, feita de boa madeira, não havia escola que não tivesse.

No espírito das crianças a palmatória tomava a feição de um monstro. Punham-se-lhe em cima todos os nomes feios. Chamavam-lhe a "danada", a "tirana", a "malvada", a "bandida".

A meninada vingava-se dela no fim do ano, fazendo-lhe uma festa gaiata, com algazarra e cantoria.

Era isso a 7 de dezembro, justamente no dia em que se encerravam as aulas. Festa de infinita singeleza e de infinita ingenuidade, como costumavam ser as festas infantis.

A escola amanhecia enfeitada com ramos e palmas verdes. Flores, muitas flores na mesa e na cadeira do professor. A palmatória, amarrada com laços de fita, pendia dum prego, na parede.

Os meninos, mais bem vestidos que nos outros dias, iam cedinho para a porta da escola brincar.

Quando o professor apontava ao longe, cessava o brinquedo. Faziam-se alas. Ele entrava comovido, ia para junto da mesa e encerrava as aulas com um discurso.

O discurso era, palavrinha por palavrinha, quase sempre o mesmo de todos os anos. Sempre conselhos: começava desejando que os alunos fossem felizes durante as férias e terminava lembrando-lhes que não se esquecessem das lições aprendidas e de nenhum dos deveres de moral e disciplina.

Em seguida, o professor abençoava os estudantes um por um e retirava-se.

A escola ficava entregue à pequenada. O aluno mais velho tirava a palmatória do prego, amarrava-a num cabo de vassoura e empunhava-o como se empunha um estandarte.

As crianças formavam, então, duas a duas e saíam em passeata pelas ruas da povoação ou da vila, gritando e pulando. No começo, uma ladainha triste, cantada em coro, a chorar a morte da palmatória. Depois, as emboladas, os desafios, as cantigas alegres do sertão.

Levaram-me, naquele ano, à porta da escola para assistir à festa.

Recordo-me bem de tudo. Era um dia bonito, muito azul, muito luminoso e muito fresco. Havia chovido na véspera e as árvores, bem lavadas e verdes, pareciam criaturas que mudam de roupa depois do banho. Pássaros cantavam alegremente nas árvores, como se também eles começassem as férias.

O discurso do professor, as flores e as palmas verdes, a alegria da meninada, a passeata, assanharam-me o sangue. Voltei para casa contentíssimo. Fiquei tendo da escola a ideia de que era um lugar agradável, que dava prazer à gente.

E daí por diante não falei mais noutra coisa. Todo livro que eu apanhava, abria-o com solenidade e punha-me a recitar em voz alta o que me vinha à cabeça, fingindo que o estava lendo.

Meu pai e minha mãe achavam uma infinita graça naquilo. E decidiram que, ao recomeçarem as aulas, em janeiro, eu teria finalmente as minhas calcinhas de menino e um lugar nos bancos da escola.

Minha terra, minha casa e minha gente

O povoado em que eu nasci era um dos lugarejos mais pequenos, mais pobres e mais humildes do mundo. Ficava à margem do Itapicuru, no Maranhão, no alto da ribanceira do rio.

Uma ruazinha apenas, com vinte ou trinta casas, algumas palhoças espalhadas pelos arredores e nada mais. Nem igreja, nem farmácia, nem vigário. De civilização, a escola, apenas.

A rua e os caminhos tinham mais bichos do que gente. Criava-se tudo à solta: as galinhas, os porcos, as cabras, os carneiros e os bois.

Vila pacata e simples de gente simples e pacata. Parecia que ali as criaturas formavam uma só família. Se alguém matava um porco, a metade do porco era para distribuir pela vizinhança. Se um morador não tinha em casa café torrado para obsequiar uma visita, mandava-o buscar, sem-cerimônia, ao vizinho.

A melhor casa de telha era a da minha família, com muitos quartos e largo avarandado na frente e atrás. Chamavam-lhe a casa-grande, por ser realmente a maior do povoado.

Para aquela gente paupérrima, éramos ricos.

Meu pai tinha umas duzentas cabeças de gado no campo, uma engenhoca de moer cana, uma máquina de descaroçar algodão e uma casa de negócios, em que vinham comprar moradores até de quinze ou vinte léguas distantes.

Não havia no lugarejo ninguém mais importante do que meu pai. Era tudo: autoridade policial, juiz, conselheiro, até médico.

A sua figura inspirava respeito; a sua presença serenava discórdias. Se havia uma desordem, mal ele chegava a desordem acabava. Bastava que desse razão a uma pessoa, para que todo mundo afirmasse que essa pessoa é que estava com a razão. Os seus conselhos faziam marido e mulher, desunidos, voltarem a viver juntos. Ninguém tomava um remédio sem lhe perguntar que remédio devia tomar.

Era um homem inculto, mas com uma inteligência tão viva, que se acreditava ter ele cursado escolas. E, ao lado disso, uma alma aberta, franca, alegre, jovial e generosa, que fazia amigos ao primeiro contato.

Nossa casa vivia cheia de gente. Gente da família, gente do povoado, gente de fora.

Meus pais eram padrinhos de quase toda a meninada dos arredores e o maior prazer de minha mãe era criar.

Se uma de suas comadres morria, deixando filhos pequeninos, ela, a pretexto de que as madrinhas devem ser segundas mães, ia buscá-los para que não morressem de abandono e de fome.

Às vezes, pela porta adentro, nos entravam verdadeiras braçadas de fedelhos, enchendo os quartos de alaridos e de berros. E minha mãe os criava com os mesmos cuidados e os mesmos carinhos com que criava os filhos.

Os gaiolas (vaporezinhos de roda que faziam a navegação do rio) paravam no povoado para se abastecer de lenha e para embarcar e desembarcar mercadorias e passageiros.

Não sei por que os fazendeiros do sertão, quando tinham de tomar passagem para a capital, preferiam aquele porto insignificante. Rara era a semana em que não chegava gente de fora à povoação.

E, como a nossa casa era a maior de todas, era nela que eles se hospedavam.

No interior do Brasil a hospitalidade é um dever sagrado, que se cumpre religiosamente. Nossa casa vivia apinhada de criaturas estranhas, vindas de longe.

Às vezes, tarde da noite, ouviam-se rumores no terreiro. Eram hóspedes pedindo pousada.

Ao hóspede que chega não se pergunta de que precisa. Quem vem de longe, através de caminhos difíceis e desertos, certamente tem cansaço e fome. Necessita de alimento e de cama.

À nossa porta, ora à meia-noite, ora mais tarde, chegavam frequentemente dez, doze, quinze pessoas desconhecidas. A essa hora acordavam meu pai e minha mãe para mandar fazer comida para os hóspedes.

Em certos dias, ao amanhecer, eu despertava num quarto que não era o meu e no meio de um punhado de crianças. É que nem sempre havia redes para todas as pessoas de fora. A família desalojava-se: dormiam duas ou três pessoas juntas, para que não faltasse acomodação aos estranhos.

Em outras ocasiões, quando os hóspedes chegavam, o gaiola havia passado na véspera. Só havia outro dez ou quinze dias depois.

Dez ou quinze dias ficavam famílias inteiras em nossa casa, morando e comendo tranquilamente.

Ao se despedirem apertavam a mão de minha mãe, apertavam a mão de meu pai, dizendo-lhes "obrigado" e nada mais.

É que nada mais lhes era permitido. No sertão do Brasil, quem perguntar o preço da hospedagem ofende aquele que a deu.

A hospitalidade por lá é uma religião, e ninguém se furta a um dever religioso.

Figuras do povoado

Tenho bem vivas na memória as crianças de minha idade e de meu tamanho que brincaram comigo no povoado. Mas são poucas as criaturas grandes que me ficaram na lembrança.

Uma delas é o Jorge Carreiro. Alto como um gigante, forte como um novilho, possuía, no entanto, alma de criançola.

Brincava conosco como se fosse também menino; carregava-nos aos ombros, escanchava-nos no cogote e fazia de cavalo para que lhe montássemos nas costas.

Era nosso melhor amigo. Quando zoava, ao longe, a cantiga do seu carro de bois, havia, nas casas, uma algazarra estouvada de crianças. Corríamos todos para a estrada. Enquanto os outros carreiros não se cansavam de nos ralhar, o Jorge consentia que trepássemos no seu carro. Ele próprio nos apanhava no chão e nos ajeitava entre a carga.

Era uma cena encantadora de ruído e de alegria a entrada do carro do Jorge no povoado. Sobre rumas de cana, melancias, espigas de milho ou sacos de feijão, vinham dezenas de meninos gritando festivamente.

Os bois que puxavam o carro tinham a alma do dono. Não houve bois mais mansos e mais pacientes no mundo. A natureza como que os fez de propósito para aturar as traquinadas da infância. Dávamos-lhes de comer, na mão, como se eles fossem carneiros; trepávamos-lhes nas pernas, nos chifres, no pescoço, sem que fizessem o menor movimento de irritação.

Outra figura é a do professor João Ricardo. Homem velho, bigode branco, óculos escuros, pigarro de quem sofre de asma.

Nunca lhe vi um sorriso no rosto. Vivia sempre zangado, com o ar de quem está a ralhar com o mundo, cara amarrada, rugas na testa.

Para as criancinhas do meu tamanho, representava o papel de lobisomem. Tínhamos-lhe um medo louco. Se estávamos a brincar num terreiro e o percebíamos ao longe, ficávamos silenciosos e quem podia esconder-se, escondia-se; quem podia fugir, fugia. Só depois que ele passava e quando já não lhe víamos mais a sombra é que o brinquedo recomeçava.

O velho Mirigido é também outra criatura de quem nunca me esqueci.

Não me lembro qual a sua ocupação no povoado, mas me parece que não tinha outro ofício senão o de meter medo às crianças.

Era um pretalhão comprido, magro, cabeludo, tão velho que já vivia curvado para a frente, em forma de arco.

Andava pelos caminhos de saco às costas, resmungando cantigas esquisitas que ninguém entendia.

Nem um dente na boca, boca muito vermelha, que ele escancarava horrendamente quando queria assustar algum menino.

Corria como verdade, entre as crianças, que o preto velho, na última sexta-feira de cada mês, virava bicho. O bicho, dizia-se, era a "cobra chifruda"– cobra estranha, fantástica, diferente das outras cobras, de cabeça de onça, chifres de veado, mais grossa que um tronco de árvore.

E o pior de tudo é que era perna de criança o petisco que a cobra mais gostava de comer.

O Mirigido enchia-nos a cabeça de pavor e o sono de pesadelos. Mais de uma vez acordei, aos gritos, sonhando que ele me estava roendo a canela.

Para as mães, o preto velho tinha uma utilidade: ajudava-as a curar a doença dos filhinhos.

Não havia remédio que mais repugnássemos do que o óleo de rícino e o quinino. Conseguir que os engolíssemos era a dificuldade das nossas mães.

O Mirigido resolvia facilmente a dificuldade. Quando se queria aplicar quinino ou óleo de rícino a alguma criança, mandava-se chamar o preto velho. Ele vinha pontualmente. E ia entrando no quarto a roncar como um bicho, de facão desembainhado, dizendo aterradoramente:

– Que barulho é esse aí? Vou comer esse menino! Vou comer esse menino, agora mesmo!

E batia com os pés no chão e dançava e se mexia desengonçadamente. Um verdadeiro demônio.

– Vou virar a cobra chifruda! – berrava. – Vou virar a cobra chifruda!

E, fingindo amolar o grande facão no braço, repetia com voz rouquenha:

– Vou comer a perna desse menino! Vou chupar os ossinhos desse menino!

Ficávamos geladinhos da cabeça aos pés.

E de um trago, de um trago só, engolíamos o remédio.

Tia Mariquinhas

Criatura que vive bem clara na minha lembrança é a tia Mariquinhas, viúva de um parente afastado de minha mãe.

Morava a um quarto de légua do povoado, na Pedra Branca, o mais lindo sítio que por ali havia.

A Pedra Branca tinha o condão de atrair as crianças.

Era uma casa pequenina, caiadinha, muito limpa, num terreiro alvo, bem varrido, com laranjeiras plantadas em derredor.

Em certas épocas, duzentos metros antes de avistar-se a casa, sentia-se no ar o cheiro finíssimo do laranjal em flor. No quintal, mangueiras imensas, com sombras frescas e balanços tentadores amarrados nos galhos.

Mas a doidice da meninada era o riacho que ficava atrás da casa. Não vi, no mundo, cantinho mais suave e mais doce e que tanto bem me fizesse à alma. Eu ali ficava horas inteiras, saboreando, sem saber, a poesia simples daquele pedaço amável da natureza.

Gravou-se-me na vista, para toda a vida, o quadro maravilhoso. O riacho, que vinha de longe, torcendo-se pelas profundezas da mata, ali se alargava preguiçosamente, como que para repousar as águas cansadas de rolar entre as pedras.

As árvores – velhos ingazeiros e paineiras que deviam ter séculos de existência – estendiam sobre o leito a empanada dos galhos floridos. Aqui, acolá, toiças de açaizeiros. Quase que não se sentia o deslizar da corrente e as águas eram tão claras que se viam a areia alvíssima e os peixinhos nadando no fundo.

No meio, como ilha surpreendente, surgia uma laje muito grande e muito branca. Era a pedra que dava nome ao sítio.

À flor da correnteza, boiavam patos e marrecos mansos. Pássaros enchiam de música a ramada das árvores.

Tia Mariquinhas era uma senhora de cabeça branca, magrinha, risonha, que ficava com ares de moça quando sorria, porque o riso lhe cavava duas covinhas no rosto.

Nunca vi criatura mais alegre e que mais gostasse de presentear.

Havia de tudo no sítio: araçás, goiabas, sapotis, jacas, tangerinas, jenipapos, atas, abius, umbus, cambucás, todo um mundo de gulodices que endoidecem as crianças.

Quando eu lhe entrava em casa, ela me enchia de frutas e não sabia em quantas se virasse para me ser agradável. Pegava-me pela mão e ia comigo pelos cantos e cantinhos do terreiro e do quintal, deixava-me subir às mangueiras e laçar periquitos.

Mas o que mais me tentava era o riacho. Além dos patos, dos marrecos, dos peixinhos, havia lá uma jangadinha como que feita de propósito para criaturas do meu tamanho. Tia Mariquinhas punha-me na jangada e ela própria a remava para a outra margem.

Eu ficava horas esquecidas atirando pedacinhos de carne e migalhas de angu aos peixes que se agitavam no fundo das águas.

O sítio de tia Mariquinhas foi o maior encanto da meninice das minhas calcinhas curtas. Sempre que eu apanhava a minha gente distraída, escapulia correndo para aquele recanto de sombra e frutos, em que a vida parecia ser mais bela do que em outra parte qualquer.

O que acontecia comigo, acontecia com os outros meninos. Quando numa casa se notava a ausência de um garotinho, podia-se imediatamente correr à Pedra Branca, que o garotinho lá estava esquecido de tudo, preso à tentação dos balanços, das frutas, dos periquitos e da jangadinha.

Dava-se todos os dias, entre aquelas laranjeiras floridas, um espetáculo que conservo na cabeça como uma das lembranças mais gratas de minha infância.

Tia Mariquinhas tinha paixão pelas galinhas, pelos patos, pelos pombos. E, logo que amanhecia, vinha ela própria para o terreiro distribuir às aves a ração de milho e farelo.

Era uma cena impressionante.

Primeiro havia um bater de sineta lá dentro, na casa. Ouvia-se imediatamente aqui fora um rumor de asas no chão, um rumor de asas nas árvores e nos ares.

E quando a velha aparecia à porta, sobraçando um samburá de milho quebrado, de toda a parte surgiam multidões de galinhas, frangos, galos, pintos, pombos, marrecos e paturis.

– Pi-pi-pi-pi – punha-se ela a gritar no meio do terreiro, atirando punhados de grãos à direita e à esquerda.

O pedaço de céu que ficava por cima do terreiro cobria-se de asas agitadas. Centenas, milhares de aves desciam para disputar na areia os grãos de farelo e de milho. Agora, não eram mais as aves domésticas; eram as do mato: toda uma onda incrível de rolas, juritis,

perdizes, jaçanãs, saracuras, graúnas, periquitos, patativas, maracanás e corrupiões.

– Pi-pi-pi-pi...

Atirando punhados à direita, punhados à esquerda, tia Mariquinhas desaparecia no meio daquela nuvem tremulante de asas. Tico-ticos e pipiras vinham-lhe roubar migalhas das mãos; cambaxirras, xexéus e pecoapás, sem a menor cerimônia, lhe pousavam nos ombros.

Como se dava aquilo? Tia Mariquinhas explicava, sorrindo:

– Um dia desceu uma pomba do mato. Atirei-lhe um punhado de milho. Ela comeu e foi dizer às companheiras. No outro dia veio outra. Deixei. Mais outra, mais outra, outras mais. Fui deixando. E, agora, tudo quanto é passarinho destas redondezas vem comer aqui em casa.

A contadeira de histórias

Vovó Candinha é outra figura que nunca se apagou de minha recordação.

Não havia, realmente, mulher que tivesse maior prestígio para as crianças de minha idade. Para nós, era um ser à parte, quase sobrenatural, que se não confundia com as outras criaturas. É que ninguém no mundo contava melhor histórias de fadas do que ela.

Devia ter seus setenta anos: rija, gorda, preta, bem preta e a cabeça branca como algodão em pasta.

Morava distante. Vinha ao povoado, de quando em quando, visitar a Luzia, sua filha caçula, casada com o Lourenço Sapateiro.

E quando corria a notícia de que ela ia chegar, a meninada se assanhava como se ficasse à espera de uma festa. Não saíamos da porta da Luzia, perguntando insistentemente:

– Quando ela chega?
– Traz muitas histórias bonitas?
– Traz muitas histórias novas?

Era pela manhã que vovó Candinha costumava chegar. O dia nem sempre havia acabado de nascer e já a pequenada estava à beira do rio para recebê-la. Mal ia saltando da canoa, nós corríamos a abraçá-la com tanta afoiteza e tanta efusão que havia perigo de lhe rasgarmos o vestido rodado, de chita ramalhuda.

– Quantas histórias a vovó traz? – perguntávamos.
– Um bandão delas – respondia a velha.

De dia não conseguíamos que ela nos contasse história nenhuma.

– Quem conta histórias de dia – dizia, negando-se –, cria rabo como macaco.

Mal a noite começava a cair, a meninada caminhava para a casa de Luzia, como se se dirigisse para um teatro. Após o jantar, vovó Candinha vinha então sentar-se ao batente da porta que dava para o terreiro.

Enquanto se esperavam os retardatários, ela fumava pachorrentamente o seu cachimbo.

Sentávamo-nos em derredor, caladinhos, de ouvido atento, como não fora tão atento o nosso ouvido na escola.

Ela começava:

– Era uma vez uma princesa muito orgulhosa, que fez grande má-criação à fada sua madrinha...

Acendiam-se os nossos olhos, batiam emocionados os nossos corações.

Não sei se é impressão de meninice, mas a verdade é que, até hoje, não encontrei ninguém que tivesse mais jeito para contar histórias infantis.

Na sua boca, as coisas simples e as coisas insignificantes tomavam um tom de grandeza que nos arrebatava; tudo era surpresa e maravilha que nos entrava de um jato na compreensão e no entusiasmo.

E não sei onde ela ia buscar tanta coisa bonita. Ora eram princesas formosas, aprisionadas em palácios de coral, erguidos no fundo do oceano ou das florestas; ora reis apaixonados que abandonavam o trono para procurar pelo mundo a mulher amada, que as fadas invejosas tinham transformado em coruja ou rã.

Não perdíamos uma só das suas palavras, um só dos seus gestos.

Ela ia contando, contando... Os nossos olhinhos nem piscavam.

A lua, como se fosse uma princesa encantada, ia vagando pelo céu, toda vestida de branco, a mandar para a terra a suavidade dos seus alvos véus de virgem.

Lá para as tantas, um de nós encostava a cabeça no companheiro mais próximo e fechava os olhos cansados. Depois outro; depois outro.

E quando vovó Candinha acabava a história, todos nós dormíamos uns encostados aos outros, a sonhar com os palácios do fundo do mar, com as fadas e as princesas maravilhosas.

O primeiro dia

A notícia de que eu ia entrar para a escola produziu rebuliço na criançada.

Eram quinze ou dezoito os meninos que brincavam comigo: o Quincas, que já estava com os dentes quase todos mudados; a Chiquitita, sempre de pernas raladas pelas travessuras; o Ioiô, que fazia caretas horríveis, virando as pálpebras pelo avesso; o Manduca, dando, com a agilidade de um sagui, saltos como os artistas de circo; a Teteia, que subia às árvores como qualquer menino; o Pinguinho, o Chiquinho, a Rosa, o Maneco, o Vavá e vários outros, quase tudo gentinha miúda que ainda chupava o dedo.

Correram todos à minha casa para saber a verdade. Durante uma semana não se conversou outra coisa. O Chiquinho entusiasmou-se. Ia também dizer aos pais que queria entrar para a escola. O Vavá e o Maneco decidiram-se: entrariam também.

A Teteia ficou desolada.

– A gente assim não brinca mais – disse.

– Como não? – respondi. – A aula é pela manhã, temos a tarde toda para brincar.

Ela replicou:

– Vá contando com isso. O Juquinha, desde que começou a aprender, não brincou mais conosco. Vocês ficam logo pensando que são gente grande.

O Ioiô não dava palavra. Toquei-lhe no ombro:

– E você? Não quer também entrar para a escola?

Ele me olhou de esguelha e respondeu num tom gaiato:

– Eu? Cruz! Não nasci para levar bolo. A palmatória de lá trabalha na mão da gente... O Hilário me disse que bolo de palmatória dói muito mais do que bolo de chinela.

Protestamos. A palmatória era para as crianças vadias e nós iríamos estudar.

– Vocês querem ir, vão. Eu fico brincando – concluiu ele com uma careta.

Chegou, finalmente, o dia da reabertura das aulas.

Fui a primeira pessoa que acordou lá em casa. A manhã ainda não tinha acabado de clarear e eu já andava pelos quartos, como barata tonta, de camisolão, perturbando o sono alheio.

Naquele dia tudo se juntava para me dar contentamento ao coração. Minha mãe caprichava em satisfazer a todos os meus desejos de criança. Além das calcinhas de menino, ela me fizera uma camisa igualzinha às camisas de meu pai, com punhos, abertura e colarinho. Havia ainda uns sapatos novos, um gorro azul com borla de seda e uma blusa à marinheira.

E, mal me acabaram de vestir, pus-me a passear pela calçada de minha casa, cheio de mim, como um pavãozinho que expõe o esplendor de suas penas bonitas.

O Chiquinho e o Vavá combinaram passar pela minha porta para irmos juntos à casa do Maneco. Mas era tanta a minha ansiedade em chegar à escola, que eu é que os fui buscar.

E fiz tudo isso correndo, o coração aos pulos, numa alegria tão risonha que minha mãe, de contente, encheu os olhos d'água.

A escola ficava no fim da rua, num casebre de palha com biqueiras de telha, caiado por fora. Dentro, unicamente um grande salão, com casas de marimbon-dos no teto, o chão batido, sem tijolo.

De mobiliário, apenas os bancos e as mesas estreitas dos alunos, a grande mesa do professor e o quadro-negro arrimado ao cavalete.

A minha decepção começou logo que entrei.

Eu tinha visto aquela sala num dia de festa, ressoando pelas vibrações de cantos, com bandeirinhas tremulantes, ramos e flores sobre as mesas. Agora ela se me apresentava tal qual era: as paredes nuas, cor de barro, sem coisa alguma que me alegrasse a vista.

Durante minutos fiquei zonzo, como a duvidar de que aquela fosse a casa que eu tanto desejara.

E os meus olhinhos inquietos percorriam os cantos da sala, à procura de qualquer coisa que me consolasse. Nada. As paredes sem caiação, a mobília polida de preto – tudo grave, sombrio e feio, como se a intenção ali fosse entristecer a gente.

Olhei o Chiquinho, olhei o Maneco, olhei o Vavá. Tinham o mesmo ar tímido e encolhido que me afligia a alma.

Procurei um rosto alegre naqueles rostos. Nenhum. Os meninos pareciam condenados: olhos baixos, voz assustada e dolorosa expressão de terror na fisionomia.

Tentei encarar o professor e um frio esquisito me correu da cabeça aos pés. O que eu via era uma criatura incrível, de cara amarrada, intratável e feroz.

Os nossos olhos cruzaram-se. Senti uma vontade louca de fugir dali. Pareceu-me estar diante de um carrasco.

O Vavá veio sentar-se ao meu lado, como se tivesse medo de ficar sozinho no banco por trás do meu. O velho João Ricardo ergueu-se subitamente, agarrou-o pela orelha e levou-o de novo ao banco.

O movimento foi tão brutal que o Pedrinho, que estava perto, se espantou, e, com o cotovelo, derramou o tinteiro. O Adão riu. O professor vibrou-lhe a régua na cabeça.

E, daí por diante, não se sentou mais. Pôs-se a passear pela sala, de mãos para trás, vigiando-nos através dos óculos pretos, com o ar terrível de quem está com vontade de encontrar um pretexto para castigos.

O Hilário cochichou com o Jovino. O professor bateu com a régua na cabeça dos dois.

O Donato levantou os olhos do livro, acompanhando o voo de um marimbondo. A régua cantou-lhe no alto da cabeça.

À tarde, quando os meus companheiros me vieram buscar para os brinquedos de costume, eu estava murcho, mole, fatigado e triste.

A Chiquitita perguntou-me, curiosa:

– Cazuza, você gostou?

Eu quis enganar a mim próprio, escondendo a minha decepção, mas o Vavá, que ainda tinha as orelhas a arder, respondeu prontamente:

– Gostou nada! Quem pode gostar daquilo?! É um inferno!

O Ioiô fez uma careta e disse triunfante:

– Eu tinha ou não tinha razão?! Eu sabia! Vanico me contou. Se escola é aquilo, eu juro que lá não entro.

Escola, realmente, não podia ser aquilo. Escola não podia ser aquela coisa enfadonha, feia, triste, que metia medo às crianças. Não podia ter aquele aspecto de prisão, aquele rigor de cadeia.

Escola devia ser um lugar agradável, cheio de atrativos, de encantos, de beleza, de alegria, de tudo que recreasse e satisfizesse o espírito.

Pinguinho

No lugarejo em que nasci, dava-se uma singularidade que eu não sei se ocorria em outra parte do mundo: o dia mais alegre era aquele em que morria alguma pessoa.

Explica-se. No povoado, quando alguém estava para morrer, mandava-se avisar à gente da redondeza. E, logo que o doente fechava os olhos, a sua casa se enchia. Vinham não só os vizinhos ali de perto, como os de cinco, sete e mesmo de dez léguas distantes.

O trabalho paralisava. Os lavradores não iam às roças; os vaqueiros não iam ao campo; a escola não se abria e até as casas de negócios fechavam as portas.

E o lugarejo, dorminhoco e triste dos dias comuns da vida, agitava-se, vivamente, nos raros dias de morte.

A todo o instante chegavam bandos de homens e mulheres, ora em cavalos que alegravam os ares com relinchos, ora em carros de bois que vinham chiando pelos caminhos.

A povoação transformava-se num formigueiro ruidoso de crianças. No sertão, quando uma família sai de casa para ir à de um defunto, sai completa: os grandes, a filharada e até mesmo os cachorros.

Os grandes ficam na sala e no terreiro do morto, a prestar as homenagens do costume; a meninada, essa vem para fora, para a sombra das árvores, brincar em liberdade.

No meu tempo, quando morria alguém no povoado, para nós, os pequeninos, o dia inteiro era de traquinada, de algazarra e de alegria. Os taludos juntavam-se lá com os taludos; nós, pequeninos, brincávamos com os pequeninos.

Talvez fôssemos mais de trinta, mais de quarenta. Mas nenhum, nenhum tão afoito e tão disposto a brincar como o Pinguinho.

O Pinguinho devia ser o mais velho de todos nós, mas tão franzino e tão frágil, que parecia o mais novo. Magro, pescoço comprido, ombros estreitos, ossinhos de fora.

Uma tossezinha seca. Mãos sempre geladas, testa sempre quente.

Mas o que nele havia de belo, de vivo e de brilhante eram os olhos, dois grandes olhos negros e febris, como que iluminados por um eterno desejo de viver.

Como não podia correr porque cansava e não podia gritar porque tossia, o Pinguinho animava a brincadeira. Se a cabra-cega ia aborrecendo, fazia-nos mudar para a boca de forno; se a boca de forno já não despertava entusiasmo, lembrava a gangorra, o tempo--será, o anel ou qualquer outro brinquedo.

Foi ele que, uma vez (na manhã da morte do Chico da Lúcia), se apresentou entre nós com quatro rodas de ferro, encontradas atrás da casa da máquina de descaroçar algodão.

Não sei onde se foi buscar um caixão de bacalhau, não sei onde se arranjaram martelo e pregos. Em pouco, estava armado um carro.

E o carro encheu-nos o grande dia. Dois garotinhos dentro, outros dois empurrando e a pequenada a revezar-se dirigida pelo Pinguinho, que, por ser doentinho e dono das rodas, não empurrava nunca e era empurrado sempre.

A morte parecia-nos um bem que Deus mandava às crianças da terra para que elas brincassem em liberdade.

Vivíamos a desejá-la através dos nossos sonhos, como se deseja um brinque-do através dos vidros de uma vitrina.

Quando o enterro saía e a meninada de fora partia com os pais, as nossas almas ficavam mais tristes do que as casas em que o luto havia entrado. Para nós, que nada sabíamos da morte, nada mais tinha havido do que um maravilhoso dia de brinquedo, que terminava inesperadamente.

E as nossas cabecinhas inconscientes punham-se então a fazer cálculos, desejando outro dia como aquele. Quando haveria de novo tanta criança, tanta alegria e tanta liberdade? Quando morreria outra criatura?

Quem mais acertava nos cálculos era a Chiquitita. Bastava dizer que um doente morreria em breve, para que o doente não durasse um mês.

Vivíamos sonhando com os dias de luto que traziam grandes dias de folguedos.

O Maneco repetia constantemente com a boca cheia de língua:

– Se eu fosse Deus Nosso Senhor, três vezes por semana tinha que haver um defunto.

De uma feita, a Teteia nos encheu de inveja. Garantiu-nos que em breve a brincadeira seria no seu quintal. Tinha em casa três pessoas para morrer: a tia velha, a avó e o padrasto de sua mãe.

Para nosso entendimento aquilo era uma fortuna. Nós, que nada sabíamos da vida, só víamos na morte motivo de brinquedo.

Um dia, quando brincávamos a cabra-cega, o Pinguinho, ao amarrar a venda nos olhos da Rosa, sentiu uma dor no peito, uma sufocação e quis gritar. Mas, em vez de grito, o que lhe saiu da boca foi uma golfada de sangue.

Carregamo-lo nos braços para casa.

À noite, o pobrezinho ardia em febre. Não comeu mais, não saiu mais do fundo da rede. De quando em quando, golfadas de sangue. E emagrecendo, emagrecendo – ficou pele e osso.

Não lhe saíamos de perto. Quando podíamos enganar a vigilância de nossos pais, íamos para junto dele, consolar-lhe os sofrimentos.

Numa manhã, linda manhã em que as andorinhas brincavam no céu como garotinhos travessos, ele morreu.

O povoado encheu-se. Foi criança, criança, como eu nunca vi tanta na minha vida.

Não podia haver dia melhor para se brincar. Mas (surpresa para toda a gente!) nenhum de nós brincou. Nenhum de nós saiu, sequer, para o terreiro.

Ficamos todos em derredor do cadáver, sossegadinhos, tristes, silenciosos. Quando queríamos falar uns aos outros, era baixinho, aos cochichos, como se temêssemos perturbar a majestade da dor que nos afligia.

Tínhamos, pela primeira vez, compreendido a morte. Era a primeira vez que ela nos tocava de perto.

E, dali por diante, quando alguém morria no povoado, nunca mais enchemos de alaridos os terreiros e os quintais.

Nunca mais fizemos de um dia de luto um dia de festa.

Dali por diante, a morte ficou sendo para nós uma coisa séria, muito séria e muito triste.

A escola

— Andas tão sem gosto, meu filhinho! Já perdeste o entusiasmo — disse-me, uma vez, minha mãe, quando me vestia para a escola.

Era verdade.

Eu andava sem entusiasmo e sem gosto. À hora das aulas, ficava a remanchar para não me vestir, queixando-me de uma coisa, de outra, de uma dor de cabeça, de uma dor de dente.

Desde o primeiro dia, a escola perdera o encanto para mim.

Nada, nada havia lá que me despertasse o interesse ou me tocasse o coração. Ao contrário: como que tudo fora feito para me meter medo.

A sala feia, o ar de tristeza, o ar de prisão, a cara feroz do professor, os castigos pelas menores faltas e pelos menores descuidos tinham-me deixado um grande desgosto na alma.

E a verdade é que, na escola, nada mudava para me apagar aquela impressão.

O quadro era sempre o mesmo quadro triste.

Entrávamos às oito da manhã. O professor quase sempre já lá estava, na grande mesa, junto à parede, de cara amarrada, como se ali estivesse para receber criminosos.

Quem chegava ia tomar-lhe a bênção e vinha sentar-se no seu lugar. Um silêncio de afligir. Era a hora do exercício de escrita e ninguém podia falar. Durante trinta minutos, só se ouvia o leve rumor das penas riscando o papel.

O velho João Ricardo punha-se a passear entre os bancos, de régua na mão, fingindo-se desatento, mas, de fato, estava a vigiar a sala através dos vidros escuros dos óculos. Se um menino cochichava com outro, se segurava mal a caneta, se se distraía a olhar os marimbondos do teto, ele, imediatamente, lhe vibrava a régua nas mãos e na cabeça. Ninguém conhecia o mata-borrão. Para enxugar a escrita, ia-se à parede, escavava-se o barro com a ponta da caneta

e espalhava-se o pó na
letra úmida.

As paredes furadas pareciam respiradouros de formigueiro. Cada buraco tinha o seu dono e quando alguém, por engano ou brincadeira, usava o alheio, o protesto surgia infalivelmente.

– Esse não, esse é meu!

Após o exercício de escrita ia-se "estudar a lição".

O "estudo" era gritado, berrado. Cantava-se a lição o mais alto que se podia, numa toada enfadonha.

Um inferno aquela barulheira. Trinta, quarenta, cinquenta meninos gritando coisas diferentes, cada qual esforçando-se em berrar mais alto. E quando, já cansados, íamos diminuindo a voz, o professor reclamava energicamente, da sua cadeira:

– Estudem!

E a algazarra recrudescia.

Aquela mesma coisa, semanas inteiras, meses inteiros.

Nada, nada que despertasse o gosto pelo estudo.

Ao contrário. Tudo era motivo para castigo: uma lição mal sabida, uma escrita mal feita, uma palavra errada, um cochicho, um ar distraído, até um sorriso.

Por uma falta pequenina ficava-se de pé, no centro da sala ou à porta da rua. Se a falta era maior, punha-se a criança de joelhos, no meio da sala.

A escola inteira falava horrorizada de dois suplícios que eu ainda não tinha tido ocasião de presenciar.

Um deles era ficar o aluno de joelhos sobre grãos de milho.

O outro, a "orelha de burro". À cabeça do menino colocavam-se duas enormes orelhas de papelão e fazia-se o desgraçado passear pelas ruas, vaiado pelos companheiros.

Passem todos para o bolo!

Em meados de fevereiro a frequência da escola começou a diminuir. E quando março entrou, com as suas imensas cargas d'água, não passavam de doze ou quinze os meninos que compareciam às aulas.

O velho João Ricardo cada vez ficava mais mal-humorado. E, ao lançar os olhos para os bancos vazios, resmungava ameaçadoramente:

– Que luxo é esse? Porque chove mais um pouquinho ninguém sai de casa! Eu acabo tomando medidas rigorosas.

Depois, com dois ou três pigarros de asmático, se sentava, repetindo:

– Escola é escola! Não é pilhéria, não é brincadeira!

Não era por brincadeira que os alunos não iam às aulas, mas pelos obstáculos das enchentes naquela aguda quadra das chuvas.

No Norte, a estação das águas, que o povo chama de inverno, apresenta aspectos que vão da alegria ao desespero.

É em dezembro que começa a chover.

Antes disso o que existe é o inferno do calor que arruína os homens e as coisas.

Os campos estão secos; os morros, tristes; não há viço no arvoredo e as fontes têm um ar de pobreza e de velhice.

Parece que a natureza está cansada de viver. A alegria desaparece de toda a parte. Há lugares em que não se encontra, sequer, uma folha verde.

As primeiras chuvas caem quando novembro vai terminando. E imediatamente se produz o milagre da ressurreição. Em três semanas tudo fica verde e fica novo.

É a primavera matuta.

A terra, como que atingida pela varinha de condão de alguma fada, floresce maravilhosamente. É flor em tapete, nos campos; flor em ramalhetes, nas árvores; flor em grinaldas, nos cipós. Tem-se a impressão surpreendente de que as plantas que vão nascendo já nascem floridas.

Mas as chuvas continuam a desabar.

Em janeiro, quase não se vê a cara do sol. Em meados de fevereiro, os riachos e os rios começam a transbordar arruinadoramente.

Todo aquele esplendor de natureza, que dava a ideia de milagre, desaparece em poucos dias.

Em março, os campos estão alagados. Basta que chova três dias seguidos para que ninguém possa atravessar os caminhos. É a inundação inquietadora que vem ameaçando com o seu castigo de desgraças.

Naquele ano, março entrou mais rigoroso que nos anteriores. Chovia semanas inteiras, de manhã à noite.

Os caminhos estavam debaixo d'água.

A escola, dia a dia, tornava-se deserta.

A maioria dos alunos era dos arredores, alguns de dois, três, até quatro quilômetros distantes. Se saíssem de casa, com os caminhos inundados, corriam até perigo de vida.

Só nós, ali da povoação, podíamos comparecer às aulas e, assim mesmo, molhadinhos e com as chinelas ou os sapatos encharcados.

O professor tornava-se cada vez mais áspero, mais azedo, mais ameaçador. E dizia repentinamente, no meio da sala quase deserta:

– Eu não me canso de prevenir. Escola é coisa séria. Eu acabo tomando medidas rigorosas.

Um dia, a chuva começou a cair de madrugada. Chuva brutal, dessas que paralisam o trabalho e impedem a gente de sair de casa.

Quase ninguém pôde ir à escola. Éramos seis meninos apenas.

O Adão, que chegou por último, entrou assustado, descalço, as chinelas metidas nos dedos.

O Doca troçou:

– Xi! O Adão está com uma cara!

O outro sentou-se.

– A minha cara, a minha cara! Cara traz o professor, que não tarda aí. Passei por ele.

Minutos depois, o velho João Ricardo entrava debaixo de um grande guarda-chuva. Não se sentou como de costume. Em pé, junto à grande mesa, lançou os olhos pela sala, contando:

– Um, dois, três, quatro, cinco, seis. Só seis? Então, porque chove, ninguém vem à escola?

E empunhando a palmatória:

– Passem todos para o bolo!

Aprisionando passarinhos

Foi o Ninico da Totonha quem me ensinou a armar as primeiras arapucas.

Não havia menino mais hábil para apanhar passarinhos. Vivia armando laços e alçapões por todas as árvores e por todas as moitas. Raro o dia em que não nos maravilhava com uma rola, um corrupião, uma graúna ou um xexéu, apanhados vivos nas armadilhas.

A primeira vez que apareci em casa com uma pombinha implume, tirada do ninho, minha mãe me ralhou:

– Isso não se faz, meu filho – disse-me com a sua voz de veludo. – Essa pombinha tem mãe, e, a esta hora, a pobre mãe está inquieta, à procura dela. Tu gostarias de me ver sofrer?

– Não, não, mamãe – respondi prontamente.

– Pois a dor que eu sentiria se alguém te levasse para sempre de perto de mim, está sentindo a mãe desta pombinha. Os bichos também têm coração. Amam-se, querem-se bem como nós.

Passaram-se os dias e eu me esqueci das palavras de mamãe.

Um corrupião andava a cantar, todas as manhãs, na cerca da casa de moer cana. Armei o alçapão e apanhei-o.

Minha mãe contrariou-se.

– Cazuza, eu já te disse que isso não se faz! – falou-me severamente.

– Mas este não foi tirado do ninho – expliquei-lhe. – Já é grande, não tem mãe.

– Mas tinha liberdade e tu lhe roubaste a liberdade. Deus fez as aves para viverem livremente no espaço e tu queres encerrá-las nas grades de uma gaiola.

– Mas eu lhe dou comida, água, tudo – acrescentei.

Ela me pegou pelo braço.

– Onde mamãe me vai levar? – indaguei assustado.

– Vou prender-te no quarto, uma semana, duas semanas, um mês.

– Não, não! – bradei.

– Mas eu te dou água, comida, tudo. Por que não queres?

– Porque é ruim – respondi. – Assim não brinco, não corro, não vejo nada.

– Ah! – exclamou mamãe. – Então a comida, a água, não bastam. É preciso a liberdade. Pois essa liberdade que tu não podes dispensar é a liberdade que queres tirar ao corrupião. A prisão que te assusta é a prisão que queres dar ao pássaro.

Fiquei silencioso. Eu não tinha mesmo nada para responder. Mamãe aproveitou o meu silêncio.

– Solta o bichinho – ordenou-me com a voz macia.

Soltei-o.

O pássaro, que estava medroso e trêmulo nas minhas mãos, saiu radiantemente, janela afora, batendo as asas pelo infinito azul, em largos voos de alegria.

Mas, dias depois, de novo me esqueci dos conselhos de minha mãe.

O Ninico da Totonha era, na verdade, uma tentação. Contou-me, uma tarde, das arapucas que estava armando para os lados do igarapé. Em breve teria gaiolas cheias de juritis, sururinas, pecoapás e jaçanãs. Deu-me vontade de também armar arapucas.

O Ninico foi comigo ao mato escolher o lugar em que eu deveria armá-las.

Era um cantinho quieto, ao fundo de um cerrado de cipós, debaixo do toldo de um grande pé de maracujá.

Durante uma semana nada me caiu nas armadilhas.

Mas, uma tarde, ao aproximar-me do toldo de maracujá, ouvi de longe um pio angustiado. E, ao entrar debaixo da coberta de folhas, senti um áspero rumor de asas por entre os cipós e distingui o vulto negro de uma ave fugindo.

O coração bateu-me fortemente. Na maior das arapucas estava um filho de jacamim.

Tive pressa em tirá-lo lá de dentro.

Acocorei-me, suspendi levemente a arapuca e segurei a avezinha pelas pernas.

Mas, nesse momento, senti inesperadamente, nas costas, uma verdadeira descarga de bicadas.

Voltei-me espantado. Era um jacamim, maior que uma galinha, com certeza a ave que fugira quando cheguei.

Deveria ser a mãe do jacaminzinho.

Ao ver-me com o filho na mão, investiu contra mim, às bicadas, numa fúria que me desarmou.

Percebi que me visava os olhos: um golpe alcançou-me em cheio o nariz.

De cócoras, não me era possível lutar com a ave. Eu conhecia a coragem e a bravura dos jacamins. Tinha-os visto brigar com perus, galos e até mesmo cães.

Ergui-me. A ave não se intimidou. Arremessou-se contra mim mais violentamente, bicando-me os pés e as pernas.

Só com a mão esquerda eu não me podia defender. Com a direita segurava o jacaminzinho pelas canelas.

Eu fui recuando, recuando, a ver se conseguia encontrar a saída.

Mas os meus pés embaraçaram-me num cipó. Caí.

A ave atirou-se loucamente em cima de mim. Um berro horrível saiu-me da boca. Uma bicada me havia alcançado o olho esquerdo. O jacaminzinho escapou-me da mão.

Cego, gritando de dor, o rosto molhado de sangue, pus-me a tatear por entre a folhagem, sem encontrar o caminho para sair.

De novo, tropecei num cipó. De novo, rolei no chão.

E foi numa casa de marimbondos que eu tive a desgraça de cair. Na cabeça, no rosto, em todo o corpo senti uma verdadeira chuva de ferroadas.

Botei a boca no mundo, a berrar desesperadamente.

O Lourenço Sapateiro, que na ocasião passava na estrada, foi quem me levou para casa.

O meu estado era miserável. A bicada do jacamim ferira-me o canto do olho esquerdo. Faltou um nada para me furar o globo ocular.

Os marimbondos transformaram-me numa cadeia de montanhas – calombos de alto a baixo do corpo. Os lábios, ferroados, cresceram, incharam, dando-me ao rosto o aspecto estranho de um bicho.

Durante duas semanas fiquei no quarto gemendo.

– Foste castigado – disse minha mãe, ao ver-me entrar gritando de dor. – Foste castigado por duas faltas. Uma, a maldade de querer tolher a liberdade alheia; outra, a desobediência aos meus conselhos. Deus não gosta dos meninos maus e desobedientes.

O jantar de cachorro

Era com certa ansiedade que as crianças esperavam aquele domingo.

Ia haver uma festinha na povoação: estava toda a gente convidada para um jantar de cachorro, em casa de Maria Romana, mãe da Teteia, aquela pequena que subia às árvores como qualquer menino.

O irmão mais velho da Teteia, o Nicolau, que estava praticando para vaqueiro, um dia, correndo atrás de um novilho, caiu do cavalo e feriu a perna num espinho.

A ferida foi crescendo, crescendo, alastrando-se e agravando-se. Botou-se tudo quanto era pomada, tudo quanto era unguento, tudo quanto era remédio. Nada.

Não houve benzedor e benzedeira que não benzesse a perna do rapaz. Nada.

Entre aquela gente, quando uma ferida chegava à gravidade da ferida do Nicolau, era a São Lázaro que se recorria.

Quando se pede alguma coisa aos outros santos, são missas, rezas, velas ou ladainhas que se lhes oferecem em troca. O que se oferecia a São Lázaro (assim mandava o costume roceiro) era um jantar de cachorro.

Dizem os matutos que São Lázaro é, no céu, o amigo dos cães. E a lenda sertaneja explica o motivo: no fim da vida, quando o santo, coberto de chagas e abandonado pelos amigos e parentes, se viu atirado a um monturo, só teve o carinho de um cão que lhe lambia piedosamente as feridas.

A Maria Romana, na sua aflição de mãe, lembrou-se do santo: daria um jantar de cachorro se o filho sarasse. Dois meses depois, o Nicolau voltava a correr atrás dos novilhos.

Ela, então, cuidou de cumprir a promessa. Primeiro cevou leitões no quintal, engordou frangos e perus, juntou dinheiro para as despesas e depois saiu a pedir aos vizinhos que levassem os cães para o jantar.

Naquele domingo, ao cair da tarde, a sua palhoça fervia numa agitação de festa. Gente nos quartos, na salinha, no terreiro e à sombra das árvores.

Era um dia límpido como cristal. Sons de harmônicas, violas, flautas e cavaquinhos espalhavam-se pela casa. Debaixo das goiabeiras, a vozearia da meninada, brincando.

Mas o que soava por toda a parte, a atordoar os ouvidos, eram os uivos, os rosnados e os latidos dos cães. Devia estar ali toda a canzoada do povoado.

Havia cães de todos os tamanhos, qualidade e gênio: uns felpudos, gordos, pequeninos, que as donas carregavam nos braços como se carregam fedelhos; outros maltratados, feios, magricelas; outros enormes e ferozes, que só podiam viver na corrente.

Fronteira à casa, levantava-se uma latada de palmas verdes. Era ali que se ia realizar o banquete.

No chão, estendeu-se uma esteira e, sobre esta, uma toalha de mesa.

Mandava o costume que se fizesse tudo como se fosse para gente. Vieram da cozinha as iguarias saborosas: a galinha de molho pardo, o frango assado, as costeletas de porco, o leitão com recheio, o arroz de forno, o peru com farofa.

Serviam-se os cães em primeiro lugar. O Nicolau, que havia recebido a graça de São Lázaro, trinchou as carnes e fez os pratos.

O animais foram trazidos para a mesa pelos donos.

Começou o jantar.

Os bichos atiraram-se gulosamente à comida. Durante alguns minutos não tiveram senão a preocupação de comer.

Mas, instantes depois, um cão rosnou para outro cão. Outro, adiante, arreganhou os dentes para o que lhe ficava fronteiro. O da cabeceira implicou com o vizinho ao lado e deu-lhe uma dentada.

E, inesperadamente, irrompeu a briga sobre a mesa. As terrinas quebraram-se. A cuia de farinha foi pinchada ao longe; um frango assado rolou para um canto da latada.

A casa alvoroçou-se de repente. Homens e mulheres puseram-se a chamar pelo nome os seus animais, como para lhes conter a fúria:

– Sultão!

– Cravina!

– Veludo!

– Quebra-ferro!

– Totó!

– Ferrabrás!

Mas a briga não cessava.

Os cães pequeninos rebolavam-se no chão, entrelaçados, mordendo-se, trincando-se. Os grandes, aqueles que viviam na corrente, atiravam-se uns à goela dos outros como se se quisessem destruir.

A Maria Romana correu da cozinha com um grande balde d'água; o velho Mirigido surgiu na latada com um cacete.

E foi a pauladas e a jatos d'água que a briga terminou.

Na mesa não havia nada inteiro. Os pratos estavam em cacos, a comida toda entornada.

Muitos cães manquejavam. A cadelinha de Tia Mariquinhas tinha uma enorme dentada no pescoço; o Faísca, o cão de caça do pai do Vavá, fora ferido gravemente na cabeça.

Mais tarde, a mesa da pequenada. A da gente grande seria depois, pouco antes de começarem as danças.

Em meio do jantar, o Quincas, por pirraça, tirou violentamente o quinhão de peru do prato do Maneco. Este, aos berros, agarrou-o pelos cabelos.

A Rosa, que era prima do Quincas, achou que devia intervir dando um soco no Maneco. O Ioiô, sempre de birra com a Rosa, derramou-lhe calda de doce na cabeça. O Chiquinho, que gostava de comprar barulho, pespegou um cascudo no Ioiô.

Estalou a briga. As nossas mães correram para nós, repreendendo-nos. Mas os murros e os tabefes não cessaram.

Subitamente uma voz roncou junto da mesa:

– Que barulho é este aqui? Vocês querem imitar os cachorros?!

Era o velho Mirigido, de facão em punho, a grande boca vermelha escancarada.

– Vou já comer as pernas de vocês!

Água na fervura. Não demos mais um pio.

Nem mesmo tivemos mais vontade de comer.

O dia de calundu

Naquela manhã, quando o velho João Ricardo entrou na escola, o Hilário disse-me baixinho, ao ouvido:

– Hoje ninguém escapa. Vai haver bolo de estourar a mão da gente.

– Por quê? – indaguei.

– Não vê o professor de óculos no alto da testa? É sinal de que está com calundu. Daqui a pouco a bomba rebenta.

De fato, minutos depois a bomba rebentou.

O Vanico, que guardava os livros numa lata de biscoitos, deixou estouvadamente a lata cair. De dentro, saltou no chão, além do tinteiro, do lápis e da caneta, uma tentadora multidão de besouros.

Eram uns besouros enormes, uns negros, outros vermelhos, outros azuis, outros rajados, todos vivos, mexendo, tentando voar.

Para nós, os pequeninos, aquilo era a fortuna, o deslumbramento. Não me contive no meu banco e, com um grito de alegria, botei-me para apanhar os que caminhavam junto de mim.

O mesmo fez o Donato, o mesmo fez o Dedeco da Sabina. Mas o professor nos conteve com um berro:

– Passem para cá!

Eu, o Dedeco, o Vanico e o Donato nos aproximamos da grande mesa, junto à parede.

– Estão pensando que isto aqui é lugar de brinquedo?! – rugiu o velho, de palmatória em punho.

Quem apanhou primeiro foi o Vanico – dúzia e meia de bolos. Depois o Dedeco, depois o Donato.

Soaram-me nas mãos seis bolos dolorosos. Abri num choro ruidoso.

O professor bradou-me, agitando a palmatória:

– Não quero gritaria aqui! Vá-se acostumando a apanhar calado.

Fui para o banco a soluçar baixinho. Meu coração estava cheio da amargura de quem sofre uma injustiça. Eu não sabia qual tinha sido a falta que me fizera merecer as palmatoadas.

João Ricardo pôs-se a passear junto da grande mesa, as mãos para trás e um todo ameaçador de quem ainda estava com vontade de castigar.

Ninguém se mexia, ninguém falava.

Passaram-se cinco minutos.

De repente, rompeu na sala o chiado musical de uma cigarra.

A pequenada, surpreendida, voltou a cabeça, à procura do inseto. O canto era ali mesmo, na sala, ali pertinho, no meio dos alunos.

O professor, com o dedo feroz, apontou o Doca:

– É você, incorrigível! Traga aqui a sua caixa de livros!

O menino obedeceu, tremendo. Aberta a caixinha, uma cigarra saiu de dentro e, batendo as asas douradas por cima das nossas cabeças, ganhou a rua, alegremente.

Nas mãos do Doca estalaram dezoito bolos.

O velho circundou a sala com um olhar:

– Ninguém se mexa. Quero ver as caixinhas uma por uma.

E ele próprio veio tomá-las de nossas mãos.

Na caixinha do Jovino havia um bodoque de matar passarinhos e uma coleção de pedras apanhadas nos riachos, todas do mesmo tamanho, do mesmo feitio, redondinhas e lustrosas. Uma dúzia de bolos.

Uma dúzia de bolos também foi o castigo do Adão. No fundo de sua caixinha mexiam dez grilos vivos, amarrados com linha, formando uma fieira.

Ao abrir-se a lata do Pedroca, pulou de dentro um camundonguinho que ele pegara pela manhã. Dúzia e meia de bolos.

O Hilário carregava pregos e parafusos velhos e, num cantinho da caixa, um filhote de rola, começando a emplumar. O mesmo castigo do Pedroca.

Três gafanhotos saltaram da caixinha do Donato. Uma lagartixa escapuliu dentre os papéis do Irineu.

Ninguém apanhou tanto como o Pata-choca. Havia torrões de barro na sua lata de livros. Ele comia terra.

Não houve caixinha que escapasse. Quando não eram besouros, borboletas, grilos, lagartixas, eram piões, dedais velhos, pedaços de vidros de cor, botões coloridos, figurinhas.

E, naquele dia, a escola inteira foi castigada: os pequeninos, os taludos, os marmanjos.

O velho Mirigido

Naquela tarde, de volta da escola, ao chegar à cancela de casa, avistei a Chiquitita, que vinha correndo ao meu encontro, com ar de novidade.

Esperei-a. Ela esbarrou junto de mim, resfolegando, a bradar na sua meia língua:

– Sabe? O velho Mirigido morreu.

– Sério?

– Morreu sim – confirmou ela. – Agorinha mesmo. Morreu de repente.

A notícia começava a espalhar-se na povoação. A morte tinha sido repentina, contava-se. O velho acordara tonto, com uma zoada nos ouvidos. À tarde, a sua filha Damiana, indo ao quarto levar-lhe um caldo, encontrara-o morto, já frio.

O terreiro de minha casa encheu-se de crianças.

Não quero dizer que houvesse contentamento nas nossas fisionomias, mas nos nossos olhos e nos nossos rostos havia qualquer coisa que positivamente não era tristeza.

O Manduca foi o primeiro a revelar o que lhe ia no pensamento.

– Que bom! – disse com um sorriso de satisfação. – A gente agora não toma mais remédio. O velho Mirigido não pode mais nos obrigar.

Cruzamos os olhos, risonhos. Que bom!

O Juquinha informou com ar de superioridade:

– Mamãe disse que, no domingo, vai dar-me quinino. Não sei como vai ser isso: eu não tomo mais quinino. Nem quinino nem remédio nenhum.

– Nem eu! – afirmou a Rosa.

Ficou decidido que nenhum de nós tomaria mais remédio.

Era noite cerrada quando cheguei, com meus pais, à casa do defunto. Já lá estava o povoado inteiro.

A casa enchera-se de gente. Era uma palhoça com dois quartos pequeninos à direita, dois quartos pequeninos à esquerda. Ao centro, um salão por onde se entrava para os quartos.

No meio do salão, a mesa de jantar. E, sobre a mesa, o corpo do preto velho, com duas velas à cabeceira.

Em derredor, homens e mulheres, cantando em voz alta as rezas que no sertão se usam para os mortos.

No terreiro, o Macário Carpinteiro serrava e aplainava tábuas para fazer o caixão fúnebre.

Hora a hora, a casa se enchia mais. Agora, em cavalos e carros de bois, iam chegando os moradores de longe.

O fato aconteceu antes da meia-noite, quando os pequenos da minha idade ainda estavam acordados.

Assisti a tudo e de tudo me recordo claramente.

Na sala mortuária pesava, naquela ocasião, grande silêncio. Havia terminado uma reza. Homens e mulheres repousavam um instante para recomeçar outros cantos. Não se ouvia um cochicho, nada.

De repente, a Domingas Cabacinha soltou um grito horrível. Tinha visto o corpo do velho Mirigido mexer-se em cima da mesa.

A sala tornou-se ruidosa. A Domingas contava em voz alta o que acabara de ver. O Mamede, o professor João Ricardo e o Lourenço Bacurau desmentiam-na.

– Eu estava com os olhos pregados no corpo, quando o corpo se mexeu – insistia a moça, de olhos apavorados.

– Não se mexeu. Não podia ter-se mexido! – bradava fortemente o velho João Ricardo com o tom de quem não gosta de ser contrariado.

– Que barulho é este aqui? – rugiu subitamente o velho Mirigido, erguendo-se.

E pulou da mesa abaixo.

O que se passou não se descreve. Toda aquela gente rompeu porta afora, aos gritos, aos tombos, desvairada, varando o mato. As crianças caíam enroladas nas saias das mulheres; caíam as mulheres e os homens embaraçados uns nos outros.

A Domingas Cabacinha, ao disparar para o quintal, rolou por cima da cabeça da Totonha e enfiou a cara numa gamela de miúdos de porco.

O Macário Carpinteiro foi parar do outro lado do rio, num buraco à beira d'água, com um tremor nas pernas que lhe impedia o andar.

O Jorge Carreiro torceu o pé. A mãe da Teteia desmaiou no meio do terreiro. Tio Olavo, primo-irmão de meu pai, perdeu a fala durante vinte e quatro horas.

A Chiquinha Tucum, ao pular a cerca do quintal, ficou nos ares a noite inteira, presa pelas saias.

O próprio Mirigido, no dia seguinte, deu com o Mamede meio apatetado no fundo da estrebaria, agachado debaixo da barriga do cavalo.

O pior de todos foi o professor João Ricardo. O pavor fê-lo subir num tronco de paineira.

Ninguém soube como pôde ele chegar lá em cima, com tanto espinho. Uma luta para o tirar, depois. Ao descer, tinha as roupas em tiras e o corpo lanhado pelos espinhos agudos.

No domingo que se seguiu, o Juquinha não veio à nossa roda brincar.

Fomos buscá-lo em casa. Estava com uma cara que fazia dó.

– Sua mãe lhe deu o quinino? – perguntou a Rosa.

– Deu.

– E o velho Mirigido veio com facão? – insistiu ela.

– Veio, sim, o danado! Nem parece que esteve no meio da casa, vai-não-vai para o outro mundo.

– Mas, se ele tiver outro ataque, vai mesmo! – afirmei. – Quem disse foi vovó Candinha.

O Juquinha fez um muxoxo:

– Vai nada! Aquele não morre nunca mais!

E depois de um silêncio doloroso:

– E a gente fica tomando remédio a vida toda.

A aposta de escrita

Depois de tantos meses de decepção, foi aquela a primeira manhã em que eu segui contente para a escola.

Ia dar-se naquele dia a aposta de escrita e, pela primeira vez, eu tomaria parte na porfia.

Nas antigas escolas roceiras, os exercícios de cali-grafia se aprendiam vagarosamente. Levava-se de janeiro a dezembro não fazendo outra coisa senão cobrir "pauzinhos" e raramente uma criança conseguia assinar o nome em menos de dois anos.

Tive sempre certo jeito para desenhar. Era ainda pequenino e já vivia de lápis em punho, deitado de bruços, a fazer calunguinhas nos pedaços de papel que me caíam nas mãos.

A escrita tornou-se-me fácil desde o primeiro momento. Alguns meses depois dos primeiros exercícios, já escrevia como qualquer dos meninos da classe imediata à minha.

Na véspera daquele dia, o professor decidira que eu tomaria parte nas provas caligráficas.

O meu interesse despertou. Fui para a escola sem a moleza e o desamor dos outros dias.

Na verdade, a escola inteira estava estimulada. A aposta de escrita tinha o segredo de despertar aqueles pobres espíritos embrutecidos pelas repreensões, cascudos, palmatoadas com que antigamente se metiam as lições na cabeça dos meninos.

Quando o velho João Ricardo entrou, já estávamos todos nos nossos lugares.

Fez-se um grande silêncio. Era o momento de sabermos o competidor que cada um ia ter na aposta.

A "aposta" fazia-se entre pares de alunos, dentro da classe. Cada par copiava um mesmo trecho de prosa, e vencia o aluno que apresentava letra mais bonita.

O prêmio que se lhe dava era meter-lhe na mão a palmatória para que castigasse o vencido com uma dúzia de bolos.

O companheiro que me coube foi o Doca, que havia entrado para a escola um ano antes de mim.

Receei perder: o pequeno tinha um lindo talhe de letra.

Falei-lhe baixinho aos ouvidos:

– Se você ganhar, veja lá, não me dê bolos fortes.

– Eu sou camarada, seu Cazuza – respondeu sorrindo.

O julgamento da prova começou pelos maiores.

Ao entregar a palmatória a cada vencedor, o velho recomendava:

– Não quero bolos de camaradagem. O bolo de cama-radagem é nulo, repete-se. E se a repetição não prestar, sou eu quem castiga. Castigo o que perder a aposta e castigo o que não souber dar bolos.

E, comumente, dois irmãos, dois bons amigos, viam-se obrigados a se esbordoarem cruelmente.

Chegou a vez da minha classe. O professor chamou o meu nome e o nome do Doca.

Aproximamo-nos da grande mesa. Eu tremia. Durante três minutos o velho examinou e comparou as duas escritas. Depois disse:

– As duas letras são bem parecidas. Não se pode dizer que uma seja melhor do que a outra. Ambas são boas.

E lançou o julgamento:

– Empate.

Respirei livremente.

O professor entregou-me a palmatória.

– Para que isso? – perguntei.

– Para que há de ser?! – disse-me. – Os dois não empataram? Você dá seis bolos nele, e ele lhe dá seis bolos.

Achei aquilo um disparate. Olhei o velho com surpresa.

– Que é que você me está olhando? – roncou ele asperamente.

A minha língua destravou.

– Não posso compreender isso! – exclamei. – Por que houve empate? Porque o Doca tem letra boa e eu tenho letra boa. Então quem tem letra boa apanha?

João Ricardo ergueu-se da cadeira com um berro.

– Não quero novidades! Sempre e sempre foi assim. Atrevido! Quem é aqui o professor?

E entregou a palmatória ao Doca.

Na lagoa

Um mês antes da Semana Santa, o Ninico da Totonha comprometeu-se a levar-me à lagoa que ficava no caminho do canavial.

– Estou fazendo uma balsinha – informou-me –, e, na balsa, a gente poderá passear na lagoa toda.

Eu dormia sonhando com o passeio.

Para a meninada roceira, a Semana Santa é uma das quadras encantadoras do ano.

Fecha-se a escola durante os sete dias. Na segunda-feira o povoado começa a encher-se. Comadres que moram longe vêm jejuar com as comadres; afilhados vêm tomar a bênção aos padrinhos.

Até a quinta-feira, a vida é mais animada que nos outros dias. As crianças brincam livremente nos terreiros. De manhã à noite, à sombra das árvores, há uma algazarra como de pássaros soltos.

Mas, ao amanhecer de sexta-feira, a mudança é completa. No ar e em tudo, pesa um grande silêncio. Parece que o povoado está inteiramente adormecido.

Nas casas não se ouve, sequer, um riso de criança. É o dia sagrado em que Jesus morreu. Respeita-se religiosamente a Paixão de Jesus.

Fala-se o menos possível. Não se permitem vozes altas. Quando alguém quer falar, fala tão baixo que parece um cochicho.

O mais pequenino esforço é pecado. É pecado varrer a casa. É pecado tomar banho. Ralhar e castigar são pecados também.

Ninguém sai do seu terreiro. Não se visita ninguém. Fica-se em casa, recolhido, para não perturbar o "jejum".

O jejum de sexta-feira da paixão é um traço curioso dos costumes matutos. Em dia nenhum se come tanto como naquele dia de abstinência. É a mesa mais abundante, a mais rica do ano.

Ao meio-dia exato, começa o almoço.

Come-se devagar (é pecado naquele dia comer com gulodice e pressa), mas come-se abundantemente, incrivelmente. Leva-se à mesa nada menos de duas horas.

Ao terminar o almoço, a família se deita para passar em recolhimento o resto do dia sagrado. E, minutos depois, todo mundo ressona.

O Ninico da Totonha havia combinado o passeio à lagoa para depois do almoço, quando a povoação estivesse ferrada no sono. Iriam também conosco o Juquinha, o Maneco, o Quincas e a Chiquitita.

A lagoa era um lugar sombrio, onde sapos coaxavam dia e noite.

Mas, para as crianças, tinham uma atração irresistível aquela imensidade de água parada, a violenta vegetação aquática das suas margens e, principalmente, a estonteante multidão de garças, marrecos, maçaricos, seriemas e jaçanãs, que lhe nadavam nas águas e lhe pousavam nas ilhotas.

Os pais proibiam que os filhos pequenos fossem sozinhos à lagoa. Além de jacarés, diziam haver lá dentro sucurijus enormes, que engoliam um boi inteiro.

Aquela sexta-feira santa era um desses dias abafados que acabam sempre com aguaceiro. A lagoa dormia a sesta, como que amolecida pelo calor. Tudo, tudo parado.

A balsinha do Ninico estava amarrada à beira d'água.

Defronte ficava uma ilhota de areia alvíssima.

– Vamos brincar naquela areia? – lembrou o Quincas.

– Vamos.

O Ninico, com uma vara comprida, dirigiu a balsinha para a ilhota.

Era uma areia fina, frouxa e fresca, que dava ao corpo uma sensação deliciosa. Metemos nela o corpo inteiro, deixando de fora apenas a cabeça.

E não se passaram cinco minutos, quando a Chiquitita, assustada e trêmula, agarrou fortemente a minha mão, perguntando baixinho:

– Que é aquilo?

A cem metros, um vulto enorme ondulava à flor d'água.

Toquei no Ninico.

Ele gaguejou com a voz abafada pelo terror:

– Uma sucuriju!

Fiquei gelado da cabeça aos pés.

Diante de meus olhos, movia-se uma coisa imensa, muito grossa, como eu nunca tinha visto. Devia ter dez metros, pelo menos. Deslizava rumo da margem que ficava à frente, mas tão sutil e cautelosa como se andasse no encalço de alguma presa.

– Olha ali, olha! – murmurou o Juquinha, sem uma pinga de sangue.

Na margem fronteira, a Mimosa bebia água.

Mimosa era a bezerra querida da meninada. Não tinha mãe e vinha sendo criada em casa pelo dono, o Jorge Carreiro.

Mansa que nem um cachorrinho, vivia em toda a parte, mimada como se fosse um animal doméstico.

Não tiramos mais os olhos da margem.

A sucuriju caminhou prudentemente à procura da bezerra.

Vimo-la aproximar-se de terra, ocultando-se cuidadosamente entre a folhagem. No tronco de um açaizeiro erguido no meio da água, enrolou a cauda, como para se firmar. E ali ficou enovelada, silenciosa e vigilante.

A novilha bebia tranquilamente, pachorrentamente.

De repente, um silvo e, no mesmo instante, a cobra se distendeu como se fosse feita de mola. Era o bote.

A Mimosa, apanhada de surpresa pelo pescoço, deu um berro de susto que reboou medonhamente na lagoa, espantando as aves.

A sucuriju conseguiu fazer-lhe em derredor do corpo a primeira rosca e puxou-a. A bezerra, um instante depois, fincou os pés no fundo da água e arrancou para a terra, num salto.

A cobra contraiu-se e fez-lhe no corpo a segunda volta.

A Mimosa soltou um grande urro de agonia. Sentia-se que aquelas roscas a apertavam mortalmente, quebrando-lhe os ossos.

Mais outro anel, mais outro, outro.

A bezerra debatia-se, urrando.

– Depressa! Vamos! – gritou o Ninico da Totonha.

Saltamos todos para cima da balsinha, tocando para a margem oposta.

Ainda vimos a Mimosa toda enrolada pela sucuriju, o pescoço torcido, os olhos esbugalhados, a língua de fora, berrando tragicamente.

Cheguei em casa desconfiado, inquieto.

Havia desobedecido a meus pais, indo à lagoa ocultamente.

Doía-me a consciência.

O quadro da sucuriju cada vez mais se gravava na minha memória.

No dia seguinte, acordei ardendo em febre.

Cantadores de viola

No povoado, a festa mais bonita do Natal era no sítio do João Raimundo, o lavrador que fazia anualmente a maior colheita de algodão.

Festa de papouco. Brincava-se, cantava-se e dançava-se dois dias e duas noites.

Nos lugarejos da roça, o Natal é a grande quadra dos "sambas". Em toda palhoça uma festa. Violas, harmônicas e cavaquinhos enchem de música todos os terreiros.

O "samba" do João Raimundo começava ao amanhecer de 24 de dezembro. Mal o sol ia apontando no céu quando as roqueiras estrondeavam nos ares.

Quando a manhã nascia, o terreiro estava todo plantado de ariris, enfeitado de arcos de pindoba e bandeirolas de papel. No centro, um grande mastro com a figura do menino Deus pregada na bandeira que tremulava no alto.

Junto à casa, a latada coberta de murta e palmas verdes. Era debaixo da latada que se dançava.

A festa do João Raimundo tinha fama por aquelas redondezas.

Convidavam-se os melhores tocadores de viola. Apareciam dois ou quatro cantadores para o "desafio". As mais queridas dançadeiras de chorado não deixavam de vir dançar. Havia comida para se botar fora.

Os convidados iam chegando pela manhã. E, logo que entrava o primeiro tocador de harmônica ou de viola, começavam as danças.

Nós, as crianças, íamos para a sombra das jaqueiras brincar o dia inteiro.

À noite é que a festa crescia e ficava bonita. Nada menos de seis, oito violas, três ou quatro cavaquinhos, rabecas, flautas e pandeiros.

Na latada e na varanda, dançava um mundo de gente. No terreiro, lavado de luar, estrondeavam de quando em quando as ronqueiras.

Devia ser meia-noite e eu já cochilava no regaço de minha mãe, quando o Manduca me veio prevenir que o "desafio" não tardaria a começar.

Corri à latada. Dançava-se vivamente.

Para a gente matuta, não há nada mais importante numa festa do que o "desafio" entre dois famosos cantadores de viola. Suspendem-se as danças para que todo mundo os ouça em silêncio.

Os cantadores que se iam medir naquela noite eram o José Firmino e o Pedro Jeju, os mais festejados daquela beirada de rio. Ninguém queria perder uma palavra da luta que eles iam travar em versos.

O João Raimundo bateu palmas no meio da latada, impondo silêncio:

– Minha gente, vamos ouvir estes dois "turunas".

Zooú no ar um quente repinicado de primas e bordões de violas. Os dois cantadores sentaram-se frente a frente.

Versos de cá, versos de lá, a cruzarem-se. Um improvisava uma quadra ou uma sextilha ou uma oitava e o outro imediatamente respondia com uma oitava ou uma quadra ou uma sextilha.

No começo, cada um deles disse, em versos, quem era, como nascera, de onde tinha vindo. Cinco minutos depois, começaram a gabar-se de feitos maravilhosos.

O Pedro Jeju, dedilhando assanhadamente as cordas da viola, soltou a primeira gabolice:

> – *José Firmino, acredite,*
> *Não gosto de me gabar,*
> *Mas quando pego a viola,*

> *Quando começo a cantar,*
> *Saem da cova os defuntos,*
> *Os peixes saem do mar,*
> *Os anjos descem do céu,*
> *E tudo vem me escutar.*

O José Firmino quase não deixou que o companheiro acabasse o último verso e cantou de viola estendida no peito:

> *– Eu não tenho inveja disso,*
> *Sou valente, valentão,*
> *Canguçu é meu cavalo,*
> *Cascavel, meu cinturão,*
> *Eu engulo brasa viva,*
> *Pego corisco com a mão,*
> *Um empurrão do meu dedo*
> *Bota dez morros no chão.*

O Pedro Jeju respondeu:

> *– Você pode ser valente,*
> *Habilidoso não é.*
> *Eu calço chinelo em cobra,*
> *Boto guizo em jacaré,*
> *Asso manteiga no espeto,*
> *Faço a tempo andar à ré,*
> *Carrego água em peneira,*
> *Dou beijos em busca-pé.*

O povo aplaudia com palmas e gritos.
José Firmino olhou o cantador de alto a baixo e improvisou:

> *– Isso tudo não é nada,*
> *Não me pode amedrontar:*
> *Paro o vento quando quero,*
> *Já fiz o sol esfriar,*

Bebo chumbo derretido,
Sem o chumbo me queimar,
Seguro as onças no mato,
Para meu filho mamar.

O outro acelerou os dedos nas cordas da viola e respondeu:

– Se eu for contar minhas artes
Não acabo nunca mais:
Para apagar os incêndios
Uso breu e aguarrás,
Eu ponho luneta em pulga,
E gravata em Satanás,
Eu faço gelo com brasa,
Coisa que você não faz,
Faço o carro andar na frente,
Faço o boi andar atrás.

E ergueu-se. José Firmino ergueu-se também. Eram ambos fortes no desafio. Não haveria vencido nem vencedor.

Não valia a pena teimar.

O Pata-choca

O Hilário bradou em pleno silêncio do exercício de escrita:
– Professor, o Pata-choca está comendo terra!

João Ricardo pousou nas pernas o jornal que estava lendo, ergueu os óculos para a testa e chamou:
– Evaristo, venha cá!

Vagaroso, mole, pesadão, o Pata-choca arrastou-se até a grande mesa próxima à parede.
– Abra essa boca!

Ele não fez um movimento. O professor segurou a régua.
– Abra essa boca, estou mandando.

O pequeno obedeceu. Era verdade: a língua, as gengivas, os dentes estavam cheios de terra.

Os bolos começaram a ressoar. De repente, João Ricardo parou, atirando a palmatória para cima da mesa.
– Não lhe dou mais – disse. E a décima ou vigésima vez que o castigo porque come terra. Se eu for castigá-lo como merece, rebento-lhe as mãos. O melhor é entregar você a seu pai.

E para o Caetano, que se sentava no banco atrás do meu:
– Dê um pulo ali, à casa do Chico Lopes, e peça que ele venha aqui.

O Pata-choca era o aluno mais atrasado da escola. Havia bastante tempo que lá estava e não conhecia, sequer, as letras do alfabeto.

Talvez já tivesse dez anos, mas, pela inteligência, não parecia ter mais de cinco.

O povoado inteiro o considerava o modelo do menino que não dá para nada.

– Se não abrir os olhos – diziam as mães aos filhos que não sabiam as lições –, se não abrir os olhos, você acaba como o Pata-choca.

Era um pequeno amarelo, feio, desmazelado, carne balofa, olhos mortos, barriga muito grande e pernas muito finas. Vivia silencioso, boca aberta, cochilando nos bancos, com um eterno ar de cansaço, como se a vida lhe fosse um grande sacrifício.

Começou a comer terra quando ainda engatinhava.

O pai (ele não tinha mãe) dava-lhe surras tremendas, de lhe deixar o corpo moído e de levá-lo à cama.

Mas nada o corrigia. Ao apanhar distraídas as pessoas de casa, atirava-se aos torrões de terra, comendo-os gulosamente.

Vivia machucado de pancadas, doentinho, o ar de fadiga, o ar estúpido, mal-querido da gente grande e desprezado pelas próprias crianças.

Não havia nada que o acordasse daquela moleza. Se ralhavam com ele, parecia que o ralho lhe entrava por um ouvido e lhe saía pelo outro. Se lhe davam bordoada, chorava um instante, enquanto as pancadas doíam, mas voltava imediatamente à expressão de indiferença e de embrutecimento.

Ao ver o pai entrar na sala, não se mexeu. Estava encostado à parede e encostado ficou, como se lhe não interessasse nada daquilo.

O Chico Lopes veio até à mesa do professor, pálido, chapéu na mão, ar constrangido.

– Já sei – disse depois de encarar o filho –, foi ele que fez alguma. É a minha vergonha, professor, este menino é a minha vergonha!

– É mesmo! – afirmou João Ricardo. – Não é mais possível aturá-lo. Leve-o, leve-o de uma vez. O senhor é pai, pode fazer o que quiser. Eu é que não posso mais fazer nada. São três anos. Durante três anos castiguei-o, dei-lhe bordoada, fiz tudo que estava nas minhas forças e nada, absolutamente nada consegui. Leve-o, leve-o, que eu perdi completamente a paciência!

O Chico Lopes machucou nervosamente o chapéu nos dedos e rebateu energicamente:

– Não, professor! O senhor vai ficar com ele! O senhor vai dar-lhe ensino! Por que não? Porque tem medo de esbordoá-lo demais? Não tenha medo nenhum! Dê-lhe a bordoada que quiser! Está autorizado por mim.

E com a voz tocada de emoção:

– Eu, como pai, lhe peço: fique, fique com o menino! O que eu não quero é que, amanhã, ele seja um animal como eu!

O mestre-escola abrandou. Cedeu.

– Está bem! Está bem! Vou tentar, vou fazer o possível.

No dia seguinte o Pata-choca entrou na escola cheio de machucões nos braços e no rosto. Havia apanhado brutalmente em casa.

João Ricardo preveniu-lhe:

– Hoje, ou você dá a lição certinha ou eu lhe ponho a "orelha de burro".

À tarde, o pequeno deu a lição pior do que nos outros dias. O professor terminou as aulas mais cedo que de costume.

– Podem ir embora – disse-nos. – Quero que vejam o "burro" passar.

Eu estava em casa, mudando a roupa, quando ouvi uma gritaria na rua. Corri ao peitoril da varanda.

O Pata-choca vinha caminhando pesadamente. No lugar das orelhas trazia duas grandes, duas enormes orelhas de asno talhadas em papelão. Atrás, um bando de garotos, vaiando-o:

– Olhe o burro! Olhe o burro!

Achei uma infinita graça em tudo aquilo e tive a tentação de ir para o meio dos que gritavam, gritar também.

Passei a perna por cima do peitoril para pular na rua. Minha mãe segurou-me fortemente pelo braço, dizendo-me com energia:

– Não faças isso! Não vês que ele é um infeliz?

A sabatina de tabuada

Nos dois anos e meio em que alisei os bancos da escola da povoação, não houve para mim dia pior do que aquele da sabatina de tabuada.

Saí de casa com o coração deste tamanhinho, a pressentir coisas ruins.

Eu havia assistido a vários argumentos de tabuada das classes mais adiantadas e aquilo me causara estranha confusão na cabeça.

A sabatina de tabuada era, realmente, o grande pavor dos meninos do meu tempo.

O professor chamava quinze, vinte, trinta alunos, colocava-os de pé, em fila, conforme a ordem de chamada, e fazia-lhes perguntas.

A resposta devia ser dada imediatamente, em quatro ou cinco segundos. Se o aluno da ponta da fila não respondia acertadamente, o professor, com rapidez, passava ao segundo, ao terceiro, ao quarto, ao quinto, aos outros.

– Adiante, adiante, adiante – ia ele dizendo, apressadamente, de indicador esticado, apontando menino a menino.

Quem acertava ia buscar a palmatória em cima da grande mesa e dava um bolo em cada companheiro.

Se, de ponta a ponta, todos erravam, o professor é quem dava os bolos de ponta a ponta.

As perguntas como que se organizavam de propósito para embaraçar: três vezes sete, multiplicado por doze, menos cinquenta e dois, dividido por cinco.

Em poucos segundos o aluno devia calcular mentalmente:

$3 \times 7 = 21$, $21 \times 12 = 252$, $252 - 52 = 200$, $200 \div 5 = 40$.

Quem ficava no começo da fila não tinha tempo nenhum para isso. Os cálculos só podiam ser feitos pelos que a sorte colocava na extremidade oposta.

Quando a pergunta chegava ao meio do caminho, já os últimos meninos agitavam o indicador da mão direita, a dizer nervosamente:

– Eu sei, professor, eu sei!

Não tive sorte: o professor chamou-me em terceiro lugar.

As perguntas passavam por mim sem que eu tivesse tempo de concluir os cálculos.

Não dei uma resposta acertada. Os bolos estalaram cruelmente nas minhas mãos.

Dez minutos depois de começada a prova, eu já não suportava as palmatoadas e abria num berreiro.

O velho João Ricardo ralhava-me sem piedade.

– Cale essa boca! Quem não quer apanhar, estuda! Por que não estudou?

O argumento durou hora e meia, sem uma pausa.

Minhas mãos encheram-se de calos de sangue e dois deles rebentaram aos últimos bolos.

Quando entrei em casa, minha família estava quase toda reunida no avarandado da rua.

Atirei-me, soluçando, aos braços de minha mãe. E quando ela me viu de mãozinhas inchadas e sangrando, voltou-se dolorosamente para meu pai.

– Veja! Isto é coisa que se faça?

Meu pai examinou devagar as minhas mãos.

– Que foi isto? – perguntou.

Contei.

Pôs-se a andar silenciosamente ao comprido da varanda, as mãos para trás e uma ruga na testa. Minutos depois exclamou com a voz abafada:

– Eu sempre achei bárbaro o argumento da tabuada, sempre!

Tio Olavo, de cigarro de palha ao canto da boca, atalhou:

– Qual bárbaro, qual nada! No meu tempo era mais rigoroso do que é hoje e ninguém morreu por apanhar. Sem palmatória é que não pode haver ensino.

– Mas não há necessidade de arrebentar as mãos das crianças – retrucou minha mãe, com duas lágrimas brilhando nos olhos.

Tio Olavo era um homem áspero, teimoso e que, apesar de maduro, se arrebatava facilmente como um rapaz.

– Criança merece sempre bordoada – disse com o seu vozeirão. – O professor nunca é injusto. Às vezes pensamos que ele castigou demais. É engano. Quando o castigo é demais nesta falta, serve para suprir o que foi insuficiente ou nenhum naquela outra. Bordoada nunca faz mal à criança.

– Isso é muito fácil de dizer quando o filho é alheio – replicou minha mãe.

E, depois de uns instantes de silêncio, afirmou com a inabalável decisão das criaturas calmas e suaves:

– O Cazuza não vai mais à escola. Aprende aqui mesmo em casa. Depois ele aprenderá na vila...

À noite, quando me deitei, dormi imediatamente.

E sonhei. Um sonho muito leve, muito doce e muito bonito.

Eu ia andando por um caminho liso quando, de repente, me surgiu uma escola diante dos olhos. Era uma escola diferente da que eu conhecia – grande, numa grande casa que parecia um palácio.

Para chegar à porta, atravessava-se um largo jardim florido. Tinha-se a impressão de que o jardim continuava lá dentro, tantas flores lá dentro havia nos jarros, nas mesas e nos outros móveis. Pelas janelas abertas, o sol entrava luminosamente. As paredes, cobertas de mapas, quadros e desenhos, davam aos olhos um efeito deslumbrante. Havia um mundo de crianças nas salas. E tudo alegre, risonho, em liberdade. Uns escreviam, outros desenhavam, outros organizavam coleções de insetos, ou liam, ou traçavam figuras no quadro-negro.

Estavam sentados apenas os que precisavam estar sentados; moviam-se os que tinham necessidade de se mover. E todos trabalhavam. Sentia-se que aquela gente cuidava gostosamente dos seus deveres, sem receio de castigo, sem medo de ninguém.

E o professor que eu não via? Não era um só, eram muitos professores.

Se não me dissessem eu não acreditava. Tinham tanta bondade no rosto, tanta brandura, delicadeza e carinho para a meninada, que eu pensei que fossem apenas companheiros mais velhos dos alunos.

Fiquei à porta, silenciosamente, a olhar maravilhado para tudo aquilo. Um menino veio ao meu encontro.

– Entre – disse, pegando-me a mão. – Aqui não existe rigor de cadeia, nem palmatória, nem sabatinas de tabuada.

Acordei.

O médico do gaiola

Era um domingo. Ao amanhecer, um gaiola chegou ao porto, para tomar lenha.

Logo que o vaporzinho encostou, soube-se, na povoação, que havia um médico a bordo.

Meu pai correu para pedir-lhe que fosse ver minha irmãzinha Zizi, que andava doente. Foi.

Era um homem já grisalho, de suíças, olhos doces e um ar que inspirava confiança desde o primeiro momento.

Sentou-se no avarandado que o sol da manhã banhava, tomou café, examinou minha irmãzinha e receitou a duas ou três pessoas da família.

A notícia de que estava em minha casa um médico espalhou-se pelo povoado. Começou a chegar gente. Quem tinha o seu doente trazia-o para ser examinado.

O Pedro Alexandrino trouxe a filha paralítica. Vovó Candinha mostrou-lhe a erisipela que lhe estava tolhendo a perna. A Zabelinha Novais pediu um alívio para as suas dores de ouvido. A Teresa Pecoapá veio com o filhinho mudo. O velho Mirigido contou a história do ataque que o fez passar por defunto.

Atendia a um por um, bondosamente, animando-os, consolando-os.

E já se havia levantado para sair, quando pousou os olhos no Pata-choca, encostado tristemente à parede. Imediatamente tornou a sentar-se e chamou:

– Venha cá, menino.

O pequeno aproximou-se. O médico examinou-lhe o interior das pálpebras, bateu-lhe na barriga enorme e lançou os olhos pela varanda, perguntando:

– Quem é o pai deste pequeno?

O Chico Lopes adiantou-se:

– Sou eu, doutor, para servir vossa senhoria.

O médico fixou-lhe o olhar, severamente:

– Como deixou este menino ficar neste estado? É preciso curá-lo e curá-lo com presteza.

O Chico Lopes avançou um passo.

– Ele não está doente, doutor. O que ele é, é sem-vergonha. Está assim porque come terra.

– O senhor está enganado – replicou o médico. – Ele não está assim porque come terra. Ele come terra é porque está assim!

– Como diz, doutor? – interrogou o matuto.

– Ele come terra é porque está assim. O que esta criança tem são bichas. As bichas é que o fazem comer terra.

– Mas, doutor, então...

– Não tenha dúvida. São os vermes, no estômago e no intestino, que obrigam essa pobre criança a ter desejos esquisitos de comer coisas extravagantes. O senhor, com certeza, dá-lhe bordoada.

– Sim, doutor, para lhe tirar o vício.

– Não adiantou nada. Bordoada não adianta. O que adianta é remédio. O que é preciso é curá-lo. No dia em que deixar de ter vermes, deixará de comer terra.

E depois de passar carinhosamente a mão pela cabeça do pequeno:

– É bem possível que neste menino mole e triste esteja uma criatura alegre e inteligente. Dê-lhe remédio para lombrigas.

O Chico Lopes rompeu num pranto desabalado.

– Que é isto? – perguntou o médico surpreendido.

– A dor que eu estou sentindo aqui dentro! – respondeu o pobre pai, com a mão no peito. – O doutor não imagina as pancadas que tenho dado no meu filho. Eu não sabia que ele era doente.

E atirando-se ao Pata-choca, a soluçar:

– Perdoa, Evaristo, perdoa!

Na roça do Lourenço

De quando em quando, inventávamos uns brinquedos e, como das nossas cabeças não saíam as histórias contadas por Vovó Candinha, nos brinquedos que inventávamos quase sempre figuravam reis, príncipes, princesas e pajens.

Naquela noite, ao luar, eu fazia de rei. O Mundico batia à porta do meu palácio:

– Ó de casa!

– Ó de fora! – respondia eu. – Quem está aí?

– Um príncipe.

– Entre.

Depois batia o Quincas.

Eu perguntava.

– Quem é?

– Um lavrador que pede licença para falar a Vossa Majestade.

– Espere aí embaixo.

– Majestade, eu tenho pressa – insistia ele.

– Espere, se quiser. Não vou deixar de atender a um príncipe para atender a um trabalhador de enxada.

No momento em que eu pronunciava estas palavras, meu pai passava perto. Vi-o parar. Senti que me queria dizer alguma coisa, mas imediatamente se arrependeu, seguindo o seu caminho.

No dia seguinte, às duas da tarde, papai me convidou.

– Vamos à roça do Lourenço?

Pulei de contente. Passeios daqueles enchiam-me sempre de alegria.

Papai montou a cavalo, sentou-me na lua da sela e partimos.

Era no tempo da colheita.

No tempo da colheita, as roças dão à gente uma deliciosa

impressão de fartura e de esplendor. A terra como que se transforma toda em frutos, frutos aos pares, às dezenas, aos milheiros, nos caules, nos galhos e nas ramas.

A roça do Lourenço era imensa.

No milharal cerrado tremulava ao vento a cabeleira loura das espigas. Abóboras e melancias fechavam os caminhos com as longas ramagens e os grandes frutos. O mandiocal agitava ao sopro da brisa as folhas espalmadas. O feijão subia enroscado nas hastes do milho. Na baixada alagada o arrozal estendia-se a perder de vista, com os cachos cor de ouro brilhando ao sol.

Havia de tudo: aipim, algodão, cana, fumo, maxixeiros, gergelim, quiabeiros, batata-doce, cará. E tudo abundantemente, excessivamente, como se a terra estivesse mostrando que tinha muito e muito queria dar.

Logo que transpusemos a roça, o Lourenço correu ao nosso encontro, levando-nos para a sombra de um cajazeiro.

O sol chispava infernalmente no céu. Fazia um calor de aniquilar a gente.

Apoiado à enxada com que limpava o mato, o lavrador pôs-se a contar a meu pai as suas esperanças de boa colheita.

Estava nu da cintura para cima e, com o busto todo molhado pelo suor, dava a impressão de que se derretia ao fogo daquele sol.

Mosquitos zumbiam em nuvens. Eu me senti atordoado.

Ele percebeu a minha inquietação e disse prestimosamente:

– Isso é calor. Para refrescar não há como melancia. Vou abrir--lhe uma.

Gritou pelo nome dos dois filhos para que trouxessem a fruta e, como ninguém respondesse, sumiu-se por entre a folhagem do milharal.

– Não sei como esse homem trabalha com tanto sol, tanto calor e tanto mosquito! – exclamei.

Meu pai cravou-me os olhos amigos.

– No entanto tu não prezas o trabalho desse homem.

– Eu? – bradei surpreendido.

– Sim. Ontem à noite, quando brincavas de rei, disseste que não ias deixar de atender a um príncipe para atender a um trabalhador de enxada. Um trabalhador de enxada, meu filho, é maior do que um príncipe, quando o príncipe vive na ociosidade. O homem só vale quando trabalha, e o trabalho, seja ele qual for – o de enxada ou qualquer outro –, é digno e é nobre desde que seja honesto.

E depois de uma ligeira pausa:

– Os lavradores como o Lourenço são humildes, mas nem por isso deixam de ser úteis. Não há nada mais insignificante do que um pingo d'água. Mas um pingo d'água, mais outro pingo, mais outro, milhões, milhões e bilhões de pingos formam a chuva que molha a terra, que enche os rios, que rebenta as sementes e que produz as colheitas. Cada trabalhador de enxada que vês, nas roças, cavando a terra, ao sol, ao calor, entre nuvens de mosquitos, é o pingo d'água da grandeza do nosso país. O bocadinho que um colhe aqui, o bocadinho que outro colhe acolá, outro bocadinho além e muitos e muitos bocadinhos formam a vida do Brasil, a abundância do Brasil, a riqueza do Brasil.

O Lourenço chegava.

Foi com um sorriso de agradecimento respeitoso que eu lhe recebi das mãos as talhadas frescas de melancia.

A partida

Quem me deu a notícia foi o Ninico da Totonha, no dia em que lhe pedi o sabiá da mata que ele, pela manhã, apanhara no alçapão.
– Este não pode ser. Mas eu lhe dou outro na véspera de sua partida para a vila.
– Que vila? – perguntei.
Ninico arregalou os olhos, espantado.
– Você não vai para a vila, Cazuza?
– Não sei disso.
Seus olhos surpreenderam-se mais.
– Então não sabe que a sua família vai mudar-se para a vila? Não se fala noutra coisa.
Lembrei-me da frase de minha mãe no dia da sabatina de tabuada: "Depois ele aprenderá na vila."
Pareceu-me ter ouvido qualquer coisa sobre a mudança, mas, preocupado com os brinquedos, não prestei atenção nenhuma às conversas.
Quando voltei para casa, minha mãe, no avarandado, amamentava o meu irmãozinho de mês e meio. Falei-lhe imediatamente:
– O Ninico acabou de me dizer que nós vamos de mudança para a vila. É verdade?
– É verdade.
– Quando?
– Breve.
– Por que é que a gente vai para a vila? – insisti.
Mamãe não respondeu e, como eu de novo fizesse a pergunta, disse, evidentemente a disfarçar:

– Porque precisas aprender e a escola da vila é melhor do que a daqui.

E mudou de conversa.

Nunca pude saber, ao certo, o motivo que levara minha família a deixar o povoado em que meu pai nascera e vira nascer os seus primeiros filhos. Mas não foi somente porque a escola da vila fosse melhor que a da povoação.

Ao que percebi nesta frase, naquela, naquela outra, a causa da mudança foram os negócios comerciais de meu pai. Os negócios iam mal.

Vovô Lucrécio, pai de minha mãe, morador da vila, já velho e cansado de trabalhar, oferecera a meu pai a sua casa de negócios.

Para que a nossa casa no povoado não passasse a mãos estranhas, tio Olavo se mudaria para ela e ficaria gerindo os nossos pequenos bens.

Mais de uma vez surpreendi minha gente de olhos molhados e vermelhos. Todos se doíam de deixar aquele cantinho de terra, até mesmo minha mãe, que ia para o seu cantinho natal.

Eu não me doía de nada. À proporção que os dias passavam, mais contente ia ficando.

O que me contavam da vila enchia-me a cabeça de curiosidade. Havia muitas casas de telha, casas de sobrado, igreja, festas, muita gente e uma grande escola com duas ou três centenas de crianças.

As visitas de despedidas começaram um mês antes de partirmos.

Abalávamos a família inteira para a casa de um ou de outro parente, de um ou de outro amigo, e lá ficávamos de manhã à noite, trocando palavras de carinho.

Passei uma tarde inteirinha em casa de Chiquitita; outra tarde em casa do Maneco; almocei com o Ioiô, jantei com o Manduca, com o Quincas, com a Rosa.

Na Pedra Branca, passei dia e meio. Fui depois do almoço, dormi e só voltei no dia seguinte, ao anoitecer.

Tia Mariquinhas permitiu que os meninos da minha roda fossem lá brincar comigo. Fartamo-nos de comer frutas, de trepar nas árvores e nos balanços, de andar nas águas do riacho, remando a jangadinha.

Oito dias antes, os nossos trens começaram a ser enviados para a vila. A primeira igarité que seguiu ia apinhadinha de baús, canastras e samburás.

Não me ficou claramente gravado na memória o momento da partida. Três dias antes, amanheci, inesperadamente, ardendo em febre. Na véspera, a febre voltou mais forte.

E, na manhã em que partimos, a febre era tanta que fui carregado até o porto nos braços do Jorge Carreiro. Não me recordo de quase nada.

Lembro-me apenas de que abri os olhos cansados no momento em que a igarité ia largando.

E vi uma aglomeração de gente na ribanceira do rio.

Vi o lenço de Tia Mariquinhas, batendo...

Vi, confusamente, outros lenços agitando-se.

Vi o Vavá, o Manduca, o Chiquinho...

Vi a Rosa chorando, a gritar pelo meu nome...

E vi, quase à beira d'água, o velho Mirigido, de boca escancarada, muito vermelha, a gritar qualquer coisa aos remadores da igarité.

Parte 2

Dona Janoca

Dona Neném

padre Zacarias

Custódio

Lelé Romão

Zezinho

O palhaço Estringuilino

O velho Honorato

A escola da vila

Para quem já tivesse visto o mundo, a vila do Coroatá devia ser feia, atrasada e pobre. Mas, para mim, que tinha vindo da pequeninice do povoado, foi um verdadeiro deslumbramento.

As quatro ou cinco ruas, com a maioria de casas de telha; os três ou quatro sobradinhos; as casas comerciais sempre cheias de mercadorias e de gente; as missas aos domingos; a banda de música de dez figuras; as procissões, de raro em raro, eram novidades que me deixaram maravilhado.

A igreja acanhadinha e velha, onde os morcegos voejavam, tinha aos meus olhos um esplendor estonteante.

A Casa da Câmara, acaçapada e pesadona, com o vasto salão onde, às vezes, se realizavam festas, parecia-me um palácio.

O que mais me encantou foi a escola.

Quando chegamos à vila, já haviam acabado as férias. Durante os quinze dias em que fiquei em casa curando-me das febres, eu via, da janela, as crianças passarem em grandes bandos, à hora em que terminavam as aulas. A vontade de ficar bom para misturar-me com aquela meninada alegre apressou a minha cura.

A escola funcionava num velho casarão de vastas salas, que devia ter mais de meio século.

Quando lá entrei, no primeiro dia, levado pela mão de meu pai, senti no peito o coração bater jubilosamente.

Dona Janoca, a diretora, recebeu-me com o carinho com que se recebe um filho. Os meninos e as meninas, que me viram chegar, olharam-me risonhamente, como se já houvessem brincado comigo.

Eu, que vinha do duro rigor da escola do povoado, de alunos tristes e de professor carrancudo, tive um imenso consolo na alma.

A escola da vila era diferente da escolinha da povoação como o dia o é da noite.

Dona Janoca tinha vindo da capital, onde aprendera a ensinar crianças.

Era uma senhora de trinta e cinco anos, cheia de corpo, simpática, dessas simpatias que nos invadem o coração sem pedir licença.

Havia nas suas maneiras suaves um quê de tanta ternura que nós, às vezes, a julgávamos nossa mãe.

A sua voz era doce, dessas vozes que nunca se alteram e que mais doces se tornam quando fazem alguma censura.

Mostrava, sem querer, um grande entusiasmo pela profissão de educadora: ensinava meninos porque isso constituía o prazer de sua vida.

Se um aluno adoecia, ela, apesar dos afazeres, encontrava tempo para lhe levar uma fruta, um biscoito, um remédio.

Vivia arranjando livros, papel e lápis nas casas comerciais para os meninos paupérrimos. Se um pai se recusava a mandar o filho à escola, corria a convencê-lo de que o pequeno nada seria na vida se não tivesse instrução.

Quando chegou da capital para dirigir o grupo escolar da vila, o prédio em que as aulas funcionavam estava em ruínas e o mobiliário, de tão velho e maltratado, já não servia para nada.

Era preciso dar àquilo um jeito de coisa decente. Mas não havia vintém.

Ela trazia, como auxiliares, as suas irmãs Rosinha e Neném, ambas moças.

E as três deixaram o povo surpreendido: saíram de casa em casa a pedir auxílio para as obras, fizeram rifas, organizaram festas, leilões, bazares de sorte, tudo enfim que pudesse render dinheiro.

E a vila, cochilona e desacostumada a novidades, viu, com pasmo, dona Janoca e as irmãs, de brocha e pincel nas mãos, caiando e pintando paredes.

E a velha casa, de mais de meio século, ressuscitou maravilhosamente, como os palácios surgem nos contos de fada.

Os salões, amplos e claros, abriam-se de um lado e de outro do vasto corredor, com filas de carteiras escolares, vasos de plantas, aqui e ali, e jarras de flores sobre as mesas.

As paredes, por si sós, faziam as delícias da pequenada. De alto a baixo uma infinidade de quadros, bandeiras, mapas, fotografias, figuras recortadas de revistas, retratos de grandes homens, coleções de insetos, vistas de cidades, cantos e cantinhos do Brasil e do mundo.

E tudo aquilo me encantava de tal maneira que eu, às vezes, deixava de brincar todo o tempo do recreio para ficar revendo paisagem por paisagem, mapa por mapa, figurinha por figurinha.

Gente grande e gente miúda

Dona Neném, a professora da minha classe, foi quem primeiro me entrou no coração.

Vinte e quatro anos, pouco mais ou menos, leve, magrinha, pequenina, e olhos pardos e grandes. Um rosto bonito e tranquilo e um riso tranquilo e bonito clareando-lhe o rosto.

Eu nunca tinha visto moça mais linda. E tão forte impressão ela me causava com a sua beleza, que eu tirava constantemente os olhos dos livros para ficar minutos esquecidos a olhá-la.

Ela, porém, me advertia:

– Não se distraia, menino, cuide da sua liçãozinha.

Era uma criatura doce, delicada, suavíssima. Assim, miudinha, misturada ali conosco, podia-se pensar que fosse nossa irmã mais velha. Fazia-se respeitar porque se fazia estimar.

Não ralhava nunca. Apenas nos olhava com aqueles olhos grandes e serenos. Bastava aquilo para que nos sentíssemos arrependidos e envergonhados.

Mas, quando a falta era grande, além do olhar, ela nos contava uma história. Quase sempre uma fábula ou um apólogo, com um fundo moral que mostrava o erro cometido.

Dona Rosinha, que cuidava da classe pouco acima da nossa, não se parecia nada com a irmã.

Em vez das maneiras calmas e pausadas da outra, tinha a vivacidade da água corrente que salta por entre as pedras, cintilando e cantando. Um azougue. Nela tudo era atividade, rapidez, alegria.

Os olhos negros e inquietos pareciam garotos travessos em hora de recreio; os braços gesticulavam a cada palavra; o corpo torcia-se pelos bancos e pelas carteiras da sala, com a agilidade de um peixinho de jardim por entre as plantas de um tanque.

Nem bonita nem feia. Mas irradiava tanta graça e tanto brilho quando falava, andava e ria, que se tinha a ilusão de que ela fosse formosa. Conhecia o segredo de entrar no coração das crianças.

Na minha classe, passávamos de trinta alunos, entre meninos e meninas.

O mais hábil era o Dedé, um pequeno baixotinho, ligeiramente gago, filho do telegrafista.

Tudo lhe era fácil: os exercícios de escrita, os de desenho, os de leitura, os de cálculos.

Sabia dar jeito às coisas. Dobrando pedaços de papel fazia rapidamente barquinhos, que soltávamos nas enxurradas, e chapéus de dois bicos, que púnhamos à cabeça, quando brincávamos de soldado.

Consertava máquinas de costura, caixinhas de música, espingardas velhas, e, uma vez em que o relógio da escola se desarranjou, foi ele quem o fez andar direito.

Entre as meninas não havia nenhuma mais inteligente que a Conceição, filha da Martinha, cozinheira do juiz de direito.

Pretinha como um carvão, olhos muito vivos, riso muito branco, não podia estar parada um instante. Tinha "bicho-carpinteiro", dizíamos por pilhéria na escola.

Dona Neném não lhe tirava os olhos de cima. À menor distração, lá estava a pequena pelas carteiras, a bulir com um e com outro, dando beliscões às escondidas, metendo canudinhos de papel nos ouvidos desprevenidos, picando braços e pernas com alfinetes.

Se em comportamento, às vezes, tirava notas baixas, em aplicação não podiam ser melhores as suas notas.

E a verdade é que a Conceição não estudava. O demônio da menina parecia ter o dom da adivinhação. Com uma rápida leitura, adquiria conhecimentos que nos consumiam horas e horas de estudo.

O mais enfatuado dos meninos era o Sinhozinho, filho do Manuel Balbino, o homem mais rico da vila.

Pequeno egoísta, desses que se não afeiçoam aos companheiros.

Quando qualquer de nós se esquecia do lápis, da pena ou do tinteiro em casa, na escola havia sempre um colega para emprestar o que faltava.

Para Sinhozinho não existia a camaradagem. O que era dele era só dele. Não pedia nada a ninguém e a ninguém emprestava coisa nenhuma.

Tinha um ar de enjoado de quem está sentindo mau cheiro em tudo.

Às vezes olhava os companheiros por cima dos ombros, como se fosse superior a todos.

Os meus amiguinhos

Três meses depois de entrar para a escola, eu tinha, na minha classe, os meus amigos prediletos.

O mais velho deles devia ser o Zezinho. Mais velho e mais triste. Até brincando parecia uma criatura idosa. Enquanto cuidávamos de coisas infantis, ele lavava, engomava e cozinhava como qualquer dona de casa.

A mãe morrera deixando-o pequeno, e ele, sozinho, cuidava da irmã pequenina, enquanto o pai, o Sotero Carpinteiro, ia para o trabalho.

O mais taludo era o Curió, filho do sacristão. O pai queria-o para padre e fazia-o ajudar nos serviços da igreja, para lhe incutir o gosto pelas coisas religiosas. O pequeno ajudava à missa, mas com o desamor e a indiferença de quem não nascera para aquilo.

Mas quando brincávamos de soldado, punha-se à nossa frente, com tanto garbo e tanto brilho, que sempre lhe dávamos o comando da tropa.

Menina nenhuma me quis tanto bem naqueles tempos de infância como a Biluca.

Era corcunda, entanguida e feia, mas dentro do seu peito batia um dos mais lindos corações do mundo. Mostrava por mim afeto de irmã, que me enternecia: sempre ao meu lado, velando pelos meus livros, cadernos e lições.

O Bentoca era o tipo do caboclo. Forte, entroncado, cara simpática. A natureza fê-lo, com certeza, para negociante. A ideia de lucro não lhe saía um segundo da cabeça. Na idade em que as crianças brincam, ele vendia tudo: penas, lápis, gaiolas e até os objetos que lhe davam.

O Laleco, filho do juiz municipal, embora fosse do nosso tamanho, parecia um homenzinho, sempre bem posto e gentil. Nunca teve medo de lobisomem nem de alma do outro mundo.

O pai o criara incutindo-lhe coragem, sem consentir que lhe pregassem sustos ou lhe ensinassem crendices e abusões.

O chefe do grupo era, evidentemente, o Antonico.

Antonico talvez tivesse sido o menino mais pobre do meu tempo.

Ia à escola de chinelas, ou descalço, para não gastar o par de sapatos dos grandes dias. Não conheceu o pai. Morava com a mãe, a Rita Doceira, num casebre, à rua das casas de palha.

Descalço, a calça de zuarte toda remendadinha, o Antonico tinha para nós qualquer coisa de maravilhoso. Ninguém resistia ao domínio de sua simpatia. Não se podia dizer que fosse um mentiroso. Também não se podia dizer que fosse um exagerado. Imaginoso é que ele era. Na sua boca, tudo adquiria cor e adquiria vida.

Se contava a história de um perneta, via-se o perneta coxear; se descrevia um temporal, sentia-se o estrondo do trovão e o zoar da chuva e do vento.

O mais vívido dos meninos da escola. Enquanto nós outros andávamos em derredor das saias maternas e nas horas de recreio brincávamos nas proximidades de nossas casas, ele, para ajudar a mãe, mal terminavam as lições, saía a percorrer a vila de ponta a ponta, vendendo cocada, bolo frito e cuscuz.

Não ignorava nada. Entrava em todas as casas, falava com toda a gente, subia nos gaiolas, quando estes encostavam no porto, e, à tarde, ia conversar à beira do rio com os canoeiros.

Tínhamos como sagrado o que ele nos contava e só dávamos crédito às novidades quando as ouvíamos da sua boca.

Ao anoitecer, depois do jantar, reuníamo-nos diariamente no pedestal do cruzeiro do largo da igreja. O Antonico chegava sempre por último. Arriava o tabuleiro de doces no primeiro degrau do pedestal e tomava conta da conversa. Ficávamos a ouvi-lo encantadamente.

De quando em quando, parava para atender a freguesia que se aproximava do tabuleiro. Toda a gente sabia que ali no largo da igreja é que se encontravam, àquela hora, os excelentes bolos fritos da Rita Doceira.

Quem nunca deixava de aparecer, para comprar um ou dois vinténs de cocada, era o Biné.

Logo que o víamos de longe, ficávamos caladinhos.

O demônio do rapaz metia medo a todo mundo. Quando se aproximava de um lugar, toda a gente se retraía: quem estava rindo deixava de rir, quem estava falando calava a boca.

O Biné era surdo-mudo e, apesar de não ouvir e de não falar, tinha a fama de ser o maior mexeriqueiro da vila.

Alto, magro, braços compridos e cara de buldogue, não se ocupava com coisa alguma a não ser com a vida alheia.

Gesticulando com os braços, os dedos e os olhos, saía por aquelas ruas contando novidades, alterando-as, envenenando-as.

Ninguém explicava aquilo: a verdade é que ele sabia dos fatos antes que as outras pessoas soubessem. Era o jornal vivo do lugar.

Se, em segredo, alguém planejasse uma festa ou uma viagem, quando abria os olhos lá estava o Biné a contar, na rua, a viagem ou a festa.

Quando, rio abaixo ou rio acima, um gaiola, ainda distante, se dirigia para a vila, antes que qualquer outra pessoa ouvisse a zoada longínqua, já o Biné andava pelas esquinas dando a notícia.

Um perigo.

O padre Zacarias, o vigário da vila, dizia sempre:

– Não há lugar curioso como este: aqui, o maior linguarudo é um surdo-mudo.

O rico e o pobre

– Idiota! – bradou o Sinhozinho.
– Pretensioso! – replicou o Custódio.
O outro olhou-o por cima dos ombros:
– Não lhe dou pancada porque não me troco com você.
O Custódio avançou dois passos:
– Não se troca comigo, por quê? Pensa que tem o rei na barriga?! Em que é você superior a mim? Melhor aluno do que eu você não é. Fale! Em que você é superior?
– Veja se se enxerga! Seu pai é carreiro do meu.
– Que tem isso? É porque meu pai é pobre. E ser pobre não é desonra.

Um "psiu" enérgico fê-los calar. Tinham diante dos olhos a diretora com as duas irmãs.

Passava-se aquilo na escola, à hora do recreio.

O Custódio vinha correndo atrás do Bentoca, justamente na ocasião em que o Sinhozinho atravessava o caminho. Deu-se o esbarro. Rompeu a briga. Não fossem as professoras, os dois se atracariam.

Dona Janoca sentenciou, indicando o Sinhozinho:
– Durante três dias você não terá recreio.
– Eu fui provocado – disse ele.
– Eu vi tudo. O Custódio, sem querer, deu-lhe um encontrão. Você o insultou.

E com aquele jeito de ralhar com a voz cheia de doçura:
– O menino, pelo que ouvi, julga-se superior ao seu colega. Já tenho dito aqui, muitas vezes, que todos os homens são iguais. A riqueza não dá superioridade a ninguém. É pelas virtudes, unicamente pelas virtudes, que nós nos distinguimos. No mundo, o que dá valor às criaturas é a inteligência, a bondade, a prática de

humanidade, o trabalho, a paciência, a dignidade. O aluno não vale pela roupa que veste, pelos haveres que os pais possuem. Vale pela aplicação aos estudos, pelo procedimento nas aulas. O aluno rico não é aquele que tem pais ricos, é o que consegue notas ótimas.

E tornando a voz mais doce:

– Você julga que vale muito porque é rico. Ninguém deve gabar-se de obra que não fez. Essa riqueza, de que você tem tanto orgulho, foi você que a juntou com a sua inteligência, com o seu suor e com o seu esforço? Pensa você que o Custódio lhe é inferior porque é pobre? Pois é justamente a pobreza que lhe dá valor. Sendo paupérrimo, o Custódio come mal, dorme mal e o tempo que deve empregar no estudo, emprega-o em serviços caseiros, para ajudar os pais. A lição que ele traz sabida vale mais do que a lição sabida que você traz. Você tem tempo e conforto. Custódio não tem nada, senão a vontade de aprender, o brio de cumprir o seu dever de estudante.

E continuando:

– Você julga-se superior ao Custódio porque o pai dele é carreiro de seu pai. O trabalho honesto não diminui ninguém. Eleva. O pai do Custódio, sendo carreiro de seu pai, não está recebendo de seu pai nenhum favor.

Um precisa de determinado serviço; o outro, de dinheiro. Há uma troca entre os dois. Seu pai dá o dinheiro de que o pai do Custódio necessita; o pai do Custódio faz o serviço de que seu pai tem necessidade.

Seu pai, como prefeito, não recebe um pequeno ordenado, a que chamamos de subsídio? É uma troca. Ele dá o seu trabalho ao povo; o povo dá-lhe uma determinada quantia pelo seu trabalho. E o trabalho do pai do Custódio é tão honesto como o trabalho de seu pai.

O Sinhozinho ouviu tudo de cabeça baixa, silencioso, mas toda a gente sentiu que as palavras não lhe estavam entrando no coração.

O estranho sorriso, que se percebia na sua boca, era sinal de que ele não se corrigiria ainda daquela vez.

O sapato ferrado e a sandália de veludo

Naquele mesmo dia, ao terminar o recreio, dona Neném nos disse que tinha um apólogo para nos contar.

E à hora do exercício de escrita, ditou para toda a classe:

Era uma vez um Sapato Ferrado, era uma vez uma Sandália de Veludo, que o destino reuniu, certa manhã, na vitrina de uma sapataria.

Ele, de couro grosso, feio, forte, pesadão. Ela, pequenina, mimosa, delicada, com bordados de ouro, laçarotes de seda e fivelinha de prata.

A sina dele (via-se logo ao primeiro olhar) não podia ser outra senão andar em pés grosseiros, sobre lama e sobre pedra. Ela (ao primeiro olhar se via) tinha sido feita para viver em palácios, sobre ricos tapetes, nos pezinhos delicados de uma mulher fidalga.

Se não se pareciam no corpo, muito menos na alma. A dele era simples, lisa, complacente, bonachã. A dela, vaidosa, fútil, insaciável e complicada.

Quando o Sapato Ferrado entrou na vitrina, já a Sandália de Veludo lá estava desde a véspera.

E, quando ele entrou, houve entre os calçados um visível mal-estar.

A Botina de Cano Alto tocou escandalizada no Sapato Raso. O Borzeguim soltou uma exclamação de surpresa. A Bota de Montar, com toda a sua elegância de maneiras, não pôde esconder uma ruga de aborrecimento. O Sapatinho de Criança fez uma careta. E até a Chinela de Trança mostrou-se espantada.

Mas quem fez escândalo foi a Sandália.

Ao vê-lo entrar, deu um "ui!" de espanto como se tivesse visto um bicho e, chegando-se para junto do Sapato de Entrada Baixa, disse sem a menor precaução:

– Que sujeito mal-amanhado. Quererá, por ventura, viver em nossa companhia?

Quando, mais tarde, a sapataria abriu as portas e o povo começou a parar diante da vitrina, cada calçado cuidou de colocar-se em posição de ser visto da rua.

Ele, o Sapato Ferrado, deixou o cantinho a que estava recolhido e veio para a frente.

– Chegue-se para lá! – gritou-lhe irritadamente a Sandália de Veludo. – Faça o favor de não ficar perto de mim.

– Mas eu preciso mostrar-me. Para isso é que me puseram na vitrina.

– Sim, mas para lá, muito para lá! O mais longe possível! Veja bem a distância que nos separa.

Na rua um grupo de moças, que vinha passando, parou.

– Que mimo de Sandália!

– Que lindo Borzeguim!

– Que fina Bota de Montar!

– Oh! No meio de tanto calçado rico um Sapato Ferrado tão feio! – exclamou uma das moças.

O Sapatinho de Criança encheu o rosto com um riso inconveniente. A Botina de Cano Alto virou de banda para rir. O Sapato Raso imitou-a.

– Não acho graça nenhuma – disse a Sandália de Veludo. – O que sinto é vergonha. Vergonha de viver nesta vitrina em tão má companhia.

À tarde, o Sapato Ferrado desapareceu da vitrina. Um homem do campo comprara-o.

Passou-se.

Um dia, uma carroça de lixo atirou o Sapato Ferrado para cima de um montouro.

Minutos depois ouviu ele uma voz dizer-lhe baixinho:

– Amigo, acabo de reconhecê-lo.

Era uma velha Sandália descorada e gasta. O Sapato Ferrado ficou silencioso, sem saber quem lhe falava.

– Não me conhece? – perguntou ela.

– Não tenho essa honra, senhora.

– Não se lembra de que estivemos juntos na vitrina de uma sapataria?

– Ah! É a Sandália de Veludo!

– Eu, sim! Estarei tão feia e tão velha que lhe não pareço a mesma?

– Não. É que lhe falta tanta coisa... Onde estão os laçarotes de seda? E os bordados de ouro? E a fivelinha de prata?

– O tempo levou. A velhice destruiu. Amigo, conte-me, conte-me lá sua história! Foi feliz?

– Fui. Tanto quanto pode ser feliz um Sapato Ferrado. O homem que me comprou levou-me para uma fazenda, meteu-me nos pés e andou comigo ao sol, à chuva, sobre pedras, sobre lama. Quando não prestei para mais nada, atirou-me ao lixo.

– Que horror! – exclamou a Sandália. – E o amigo não se acanha de contar uma vida tão inferior? Sobre pedras, sobre lama... Fui muito mais feliz.

– Pudera! Teve a sorte das Sandálias de Veludo.

– A mulher que me comprou era uma grande dama. Vivi num palácio luxuoso, entre objetos caros, pisando em tapetes ricos. A minha vida foi brilhante, muito mais brilhante que a sua.

O Sapato Ferrado ficou silencioso por alguns segundos. Depois sorriu e disse tranquilamente:

– No entanto, no entanto, viemos os dois acabar no mesmo monturo.

A classe inteira fitou os olhos no Sinhozinho.

Ele, de cabeça baixa, muito pálido e muito trêmulo, arrumava a sua pasta de livros.

O circo de cavalinhos

Um dia o Antonico entrou na escola com uma novidade estonteadora: ia chegar um circo de cavalinhos.

– Quem lhe disse? – perguntei.

– O Biné.

– Não será mentira dele?

– Eu pensei que fosse. Mas corri à beira do rio e me certifiquei da verdade. Foram os vareiros de um bote, chegado de Caxias, que trouxeram a notícia.

Os meninos da minha idade não sabiam bem o que era um circo de cavalinhos. Fazia mais de meia dúzia de anos que não vinha nenhum à vila.

A ideia que tínhamos de circo era a do maravilhoso, recebida através das informações de companheiros mais velhos.

A notícia deixou-nos o dia inteiro no ar. Não prestamos atenção nenhuma às aulas.

À boca da noite, quando nos reunimos no pedestal do cruzeiro, esperamos o Antonico com ansiedade maior que das outras vezes. Ele nos prometera trazer notícias novas.

E foi com a respiração suspensa que o ouvimos, quando ele apareceu. Estava informado de tudo. O circo chegaria nos quinze ou vinte dias mais próximos. Talvez fosse o maior que já tivesse pisado na vila. Vinte artistas. Oito cavalos. Um urso.

A nossa roda, do largo da igreja, crescia noite a noite. Vinham meninos, aos punhados, ouvir as informações do Antonico.

E ele nem arriava o tabuleiro de doces da cabeça. Ia logo despejando novidades:

– Há um homem que engole uma espada deste tamanho, inteirinha.

– Será possível?! – exclamávamos surpreendidos.

– Se é possível? O Biné me disse que há outro que engole vidro. Vidro, sim! Mastiga uma garrafa e não fere a boca.

– Oh!

– Isso não é nada. Há outro que engole fogo.

E contava as minúcias que tinha ouvido nas ruas e à beira do rio. E descrevia-as com tanta expressão, tanta cor e tanta vida que, às vezes, nos convencíamos de que ele acabava de assistir a tudo com os próprios olhos.

– O circo tem três palhaços – disse, uma noite, logo que foi chegando ao cruzeiro.

– Três palhaços! Que maravilha!

– E o mais engraçado deles chama-se Estringuilino.

Rimos gostosamente. Estringuilino! Que nome!

– Se a gente ri só em dizer o nome do palhaço, imaginem o que esse palhaço não é! – lembrou o Laleco.

O Antonico nunca deixava de trazer notícias novas. Hoje a de um equilibrista que dançava na corda bamba; amanhã a de um macaco, vestido de homem, que fumava cachimbo e andava de velocípede; depois a de uma rapariga que, em pé, num cavalo em disparada, passava por dentro de um arco de facas de ponta.

Durante quinze dias nenhum de nós pôde ter a cabeça sossegada.

Dona Janoca dizia, constan-temente:

– Deus queira que o circo já venha e se vá embora, para que estes meninos assentem a cabeça.

No pedestal do cruzeiro, todas as tardes nos reuníamos para sonhar acordados. E, no delírio dos sonhos, contávamos, uns aos outros, as vezes que pretendíamos ir aos espetáculos.

O Curió esperava que a sua madrinha, a mulher do tabelião, lhe desse dinheiro pelo menos para quatro noites.

O pai do Zezito já lhe havia prometido dez tostões.

O Bentoca ia vender as duas crias da sua cabra que já podiam deixar a mama.

O Laleco tinha o pai que não lhe negava coisa nenhuma.

As minhas entradas já estavam garantidas: vovó dera-me dois mil réis no dia dos meus anos.

Uma noite, o Antonico espantou-nos confessando-nos a sua fortuna: tinha cinco mil réis para gastar com os cavalinhos. Esse dinheiro, que vinha economizando devagarinho, estava intacto; dera-o à sua mãe para guardar. Poderia, portanto, assistir a dez funções do circo.

Ficamos contentíssimos. Queríamos um infinito bem ao Antonico e andávamos com receio de que ele não pudesse assistir a nenhum espetáculo.

Um dia, quando acordei, havia no chão vazio da rua próxima à minha casa uma porção de gente desconhecida a fazer buracos, a serrar madeira e bater martelos. Eram as arquibancadas do circo que se erguiam.

Na manhã seguinte, o grande toldo branquejou retesado. Por ser quinta-feira, não havia aula. A pequenada veio então, quase toda, para a calçada fronteira.

E era de longe e com respeito, pasmados, que assistíamos a tudo aquilo. E aquilo tudo parecia ter aos nossos olhos qualquer coisa de sobrenatural, vinda de outro planeta.

Havia um moleque, chamado Parafuso, encarregado de lavar os cavalos e de estender os tapetes na pista, à hora do espetáculo.

Para mim e para os meus companheiros, ele era mais que um príncipe.

Quantas vezes ao vê-lo lavando os cavalos à beira do rio, não amaldiçoei a sorte que me fizera menino de escola, em vez de me ter dado a felicidade de ser, na vida, um Parafuso!

Antonico

Naquele sábado não houve lição que prestasse. O circo estrearia à noite e as nossas cabeças andavam à roda do circo.

À tarde, quando terminaram as aulas e saímos para a rua, por um triz não enlouquecemos! Montado num burro, com a molecada atrás, vinha um palhaço cantando:

– Hoje tem espetáculo?
– Tem, sim senhor!
– O palhaço que é?
– É ladrão de mulher!

Que vontade de ir atrás, com os moleques, gritando também! Mas as professoras nos haviam dito que menino que se prezava, menino que tinha a honra de sentar-se nos bancos de uma escola, não andava atrás de palhaços.

A minha ansiedade era tão grande que não tive fome para jantar.

Ia havendo um embaraço lá em casa: por um triz estive para não ir ao circo. Minha mãe adoeceu repentinamente e meu pai resolveu deixar o espetáculo para outro dia.

Mas tamanha foi a minha tristeza, que tiveram pena de mim: eu iria com o Laleco, nosso vizinho, e, terminada a função, meu pai iria buscar-me.

Quando chegamos ao circo, a porta ainda estava fechada e já havia uma porção de meninos à espera de que a porta se abrisse.

Mas o Antonico, que nos garantira ser o primeiro a chegar, não estava lá.

Passaram-se cinco minutos, dez. O Biné apareceu conversando com o Parafuso. Chegaram o Bentoca, o Dedé, o Curió.

E o Antonico? Ninguém sabia do Antonico.

– Talvez lhe tivesse acontecido alguma coisa – arrisquei, inquieto.

– Não aconteceu nada; ele não tarda aí – disse o Laleco.

Iluminou-se a fachada do circo. A banda de música, que veio pela rua tocando, tocou uma peça inteira à porta e entrou.

E nada do Antonico.

Eu não podia esconder a minha inquietação, olhando à direita, à esquerda, a ver se o descobria.

Começou a entrar gente, muita gente. Parecia-me que toda a escola estava ali.

Lá dentro o sino deu o primeiro sinal. Nesse instante o Antonico apareceu.

De longe percebi que lhe havia acontecido uma desgraça.

E foi com a voz trêmula que ele nos contou. Não viria ao espetáculo. O dinheiro, os cinco mil réis das suas economias, sua mãe os gastara em remédio. E agora não lhe pudera dar sequer os quinhentos réis da entrada.

Um grande golpe, aquilo, para nós. Ficamos calados, tristes, cabisbaixos, com pena do Antonico.

O Bentoca, com o seu espírito mercantil, não se conteve:

– Mas tua mãe não podia gastar o seu dinheiro. Não era dela...

Mas, antes que ele terminasse a frase, o Antonico exclamou:

– Podia, sim, podia! Se ela teve necessidade! Não fosse o meu dinheiro, meu irmãozinho morria por falta de remédio.

– Ela devia preveni-lo – opinou o Curió.

– É que ela estava vendo se me arranjava o dinheiro.

E depois, com um ar de tristeza conformada:

– Coitada! Ela está sofrendo mais do que eu. Desde que perdeu a esperança de me arranjar os quinhentos réis, chora que faz dó.

Ninguém falou mais.

Antonico fez um grande esforço para sorrir e disse:

– Vocês pensam que eu me incomodo? Eu até nem estava com vontade de vir hoje.

Encarei-o. Tudo aquilo era disfarce. Senti a imensa dor que lhe arrasava o coração.

– Que vai fazer, Antonico? – perguntei-lhe.

– Vou para casa, dormir.

Lá dentro o sino tocou pela segunda vez.

– Está na hora. Vai começar – lembrou o Zezinho.

Quando ergui a cabeça tinham entrado todos os meus companheiros. Somente o Laleco estava ao meu lado, mas assim mesmo a repetir insistentemente:

– Está na hora! Está na hora!

Uma força estranha prendia-me junto do Antonico. Eu tinha vergonha de abandoná-lo. Parecia-me que ia comer sozinho um pão, vendo diante de mim alguém morrer de fome.

Mas o sino retiniu pela terceira vez. Não resisti.

– Adeus, Antonico!

E encaminhei-me para a porta de entrada.

Não dei dez passos. Não dei cinco. Não dei dois. Apertou-me o coração. Voltei.

– Tome, Antonico, tome – disse-lhe, entregando-lhe o meu bilhete de entrada. – Assista a um bocadinho, volte e traga-me o bilhete para eu assistir ao resto.

Um clarão iluminou-lhe o rosto. Ele quis falar. Não pôde. E segurou sofregamente o bilhete.

– Vá, vá depressa! – exclamei, empurrando-o para a porta. – Mas ouça, Antonico, ouça: é só um bocadinho, um bocadinho só. Volte já! Volte já!

Ele desapareceu na cortina vermelha da porta.

Durante cinco minutos fiquei a passear agitando a bengalinha.

Lá dentro a música tocou. Gritaria. Palmas. Começara o espetáculo. Silêncio por alguns instantes. Depois palmas, mais palmas, gritos de aplausos.

Novo silêncio. Outra vez a música. Outras palmas.

Agitei-me. Agitaram-se os meus nervos. O Antonico estava tardando.

Pus-me a passear nervosamente para lá, para cá, numa inquietação horrível.

Não me pude refrear. Gritei:
– Antonico!
Três minutos. Cinco. Dez.
Nada. Nada do Antonico.
Bateu-me o coração raivosamente. O que o Antonico estava fazendo era uma canalhice!
– Antonico! Antonico! – tornei a berrar.
A música estrondeou numa tempestade de bombos e metais. Ouvi a plateia inteira gritar entusiasmada:
– Estringuilino! Estringuilino!
Era o palhaço, o Estringuilino famoso, que pisava no picadeiro.
O meu desespero transbordou.
– Antonico! Antonico! – gritei com todas as minhas forças.
E não me contive mais à porta. Comecei a andar à margem do toldo, nervosamente, doidamente, sem saber o que estava fazendo.
Lá dentro, com certeza, se desenrolavam coisas maravilhosas. As gargalhadas, que se ouviam aqui fora, eram de enlouquecer uma criatura.
– Antonico! Antonico! Canalha! Patife! Miserável! Bandido!
E os nomes feios me saíram da boca, em porção.
Passaram-se dois minutos. Cinco. Dez. Rompi a chorar desabaladamente.
Não sei como foi aquilo. Sei que, diante de mim, na lona do toldo, havia um buraco.
Meti a cabeça. Meti o corpo. Varei. Era o circo. Era o deslumbramento.
Uma rapariga, faiscante de lantejoulas, equilibrava-se sobre

um cavalo em disparada. E, nas mãos do palhaço, o arco cercado de facas que ela ia atravessar.

E quem havia eu de encontrar diante de mim?

O Antonico.

Tinha os olhos deslumbradamente pregados na mulher, como se aquele fosse o maior deslumbramento da sua vida. Nem se lembrava de mim...

Não me contive. Agarrei-lhe furiosamente o pescoço, a agadanhá-lo, a esmurrá-lo.

Ficamos mal toda a vida. Durante a minha infância nunca lhe perdoei a noite do circo.

Hoje é que compreendo o que se passou. O Antonico não me traiu. Não foi o patife, o canalha, o bandido que eu julguei.

O que ele não pôde foi sair do circo. O brilho das luzes, os cavalos adornados, os trapézios, o urso, o macaco, as dançarinas, o palhaço, tudo, tudo o prendeu lá dentro e ele nem por um instante se lembrou de mim.

Eu faria o mesmo. O mesmo fariam todos os meninos daquela idade.

O padre Zacarias

Naquele dia, quando fui chegando à porta da escola, um menino segurou-me o braço.

– Você não fala comigo?

Olhei-o. Não o reconheci.

– Não se lembra de mim? – insistiu ele.

Olhei-o de novo e, quando dei por mim, a exclamação me havia escapado da boca:

– Pata-choca!

Abraçamo-nos fortemente. Ele estava irreconhecível. O pequeno mole, amarelo e cochilão de outrora era agora uma criança risonha e viva, com uma brilhante expressão de inteligência nos olhos.

O remédio para as bichas curara-o. Já não comia terra. Já tinha vontade. Já brincava e ria como os outros meninos.

– Que veio fazer aqui?

– Papai mudou-se para cá.

Nesse momento o Chico Lopes ia saindo da escola. Havia acabado de matricular o filho.

Uma alegria infinita ferveu no meu coração.

– Conte, Pata-choca, conte como ficou a nossa gente. E a Rosa? E o Ioiô? E o Quincas? E a Chiquitita? E o Ninico da Totonha? Como vão eles? E o Jorge Carreiro? Bom? E o velho Mirigido? Morreu?

E ficamos a conversar, cheios de saudade.

Dona Neném, que aparecera à janela, preveniu-me:

– A aula já começou. Venha para dentro, menino.

Despedimo-nos. O Chico Lopes desceu a calçada e depois voltou. Senti que me queria falar. Esperei-o. Aproximou-se, baixou a voz e disse-me delicadamente:

– Cazuza, eu queria pedir-lhe um favor. Aquela história de Pata--choca passou. O pequeno hoje é outra coisa: está esperto, estudioso.

Você compreende, eu sou pai: dói-me ver meu filho com um apelido tão feio. O Pata-choca era lá. Aqui é o Evaristo, não acha? Faça-me este favor. Não fale em Pata-choca aí na escola. Está combinado?
— Está combinado.
Varei o corredor. Quando me ia sentando no meu lugar tive que levantar-me porque a classe inteira se ergueu.
Era o padre Zacarias que entrava na sala.
As professoras correram-lhe ao encontro, com ar festivo de boa amizade.
— Que milagre foi esse? Por isso é que o dia está bonito! — exclamou dona Janoca.
O vigário sorriu.
— Mal sabe a senhora a que está condenada. A dar-me almoço.
— Oh, com todo o prazer.
— Hoje, lá em casa, não há nada para se comer. Distribuí a família toda. A mana foi provar os pirões do juiz de direito; a Teresinha lá está com o padrinho; a Cleta, que come muito, foi para a casa do Manuel Balbino, que é rico.
— Por que não vieram todos para cá? Botavam-se mais umas canecas de água no feijão — disse a diretora hospitaleiramente.
— Deus me livre! Ficava um feijão que era só água. Preferi vir sozinho, sozinho, não, que eu represento dois. Sim, porque o Cupido também veio — concluiu apontando o cachorro que lhe pulava nas pernas.
Riram as três professoras. Riu a pequenada. Nós todos rimos, encantados pela simplicidade juvenil daquela velhice cheia de pureza e humildade.
O padre Zacarias vivia no coração de toda a gente. Era um velhinho de cara chupada, magro, cabeça branca e um ar de bondade que enternecia as criaturas.
Para ele, uma coisa no mundo não valia nada — a sua pessoa. Vivia para os outros. Aos outros dava tudo que lhe caía nas mãos.
O que a igreja rendia nem para a própria igreja chegava.
Mas, para que o vigário não passasse privações, a gente rica e remediada da vila mandava-lhe o necessário para o seu sustento.
O velhinho, porém, não sabia ter nada que não distribuísse

pelos necessitados. Tudo que lhe entrava pela porta pela mesma porta saía.

A família compunha-se de quatro pessoas apenas: ele, a irmã, dona Chiquinha, mais idosa ainda; a Cleta, preta velha; e a Teresinha, ainda mocinha, que dona Chiquinha criava como filha.

Mas a família, a sua grande família, era a numerosa gente pobre da vila.

Na sua casa todos tinham o "vício" de dar e davam tanto que, às vezes, ao acordar, verificavam que não podiam comer naquele dia, por não haver uma só migalha na despensa.

Então os quatro se distribuíam cada qual pela casa de um amigo, até que a despensa voltasse a ter fartura.

– Só lhe venho pedir o almoço – disse o padre – porque o jantar eu o vou filar em casa do José Joaquim. Ele hoje matou uma vitelinha. Tem com que satisfazer a minha gulodice.

Pouco depois do meio-dia, o vigário, já almoçado, despedia-se das professoras.

– Ainda é cedo! – insistiu dona Janoca.

– Tenho muito que andar. Ainda vou arranjar remédio para o filhinho do Antônio Gonçalves e ainda vou ver como está passando a mãe do Manuel Rufino.

E saiu. Mas, ao chegar ao meio da rua, voltou.

– Ia-me esquecendo. Arranje-me uma bananinha para o Lelé.

– Quem é o Lelé? – perguntou dona Janoca, surpreendida.

– O meu macaquinho. Coitado! Ficou em casa fazendo cruz na boca.

A cabra pedrês

Naquele tempo não existia encanto maior para mim do que cuidar da minha cabra pedrês, que vovô me havia dado, ainda cabrita, quando cheguei à vila.

Era uma verdadeira doidice. Ao voltar da escola, eu quase que não tinha tempo de mudar de roupa e alimentar-me. Corria imediatamente ao fundo do quintal para ver a cabra.

E quando davam por mim, estava eu num chão vazio, coberto de capim verde, nas proximidades da Casa da Câmara.

Amarrava o animal num arbusto qualquer e ali ficava envaidecido a vigiá-lo, como se vigiasse o maior tesouro do mundo.

Não era bem a cabra que tinha o poder de enfeitiçar-me. Eram as crias – dois cabritinhos lindos, um preto e outro branco, ambos gordinhos, ambos fortes, duas tentaçõezinhas que viviam correndo e espinoteando como demônios.

Uma tarde, quando corri ao fundo do quintal para conduzir a cabra ao pasto, não a encontrei em parte alguma. Andei aflito pela vizinhança e, quando desesperei, corri desoladamente para minha mãe, com os olhos ensopados de lágrimas.

– A minha cabrita fugiu – disse-lhe com os lábios trêmulos.

– Não fugiu: está em lugar seguro.

– Onde?

– Em casa de Maria Clara.

– Para quê, mamãe? Para quê?

– Maria Clara está doente e não pode amamentar a filhinha. Emprestei a cabra para dar leite à criança. Nestes quinze dias...

Não deixei que ela terminasse. Arranquei-me brutalmente do seu regaço numa verdadeira fúria, chorando e batendo com os pés, a gritar:

– Quero minha cabra! Quero minha cabra! Quero minha cabra!

Minha mãe procurou conter-me, segurando-me o braço.

– Deixa de ser malcriado, menino!

Repeli-a com um movimento grosseiro e atirei-me ao chão, berrando, rolando, a agitar violentamente os braços e as pernas.

– Vou buscar a minha cabra! Vou buscar a minha cabra!

Só me calei quando as chinelas me soaram nas nádegas.

Durante vinte dias andei embezerrado, sem rir, sem brincar.

Eu não podia compreender que a minha cabra estivesse noutra casa que não fosse a minha, noutro quintal que não fosse o meu, recebendo cuidados que não fossem os meus cuidados de dono.

Não podia compreender que alguém, a não ser meus cabritinhos, bebesse o leite de minha cabra.

A Maria Clara não podia amamentar a filha? Que se arranjasse! Que comprasse uma vaca! A minha cabra é que não era vaca leiteira de ninguém.

Passaram-se dois meses.

Minha mãe adoeceu e esteve de cama durante alguns dias.

Certa vez ouvi falar que o seu leite enfraquecera.

A verdade é que meu irmãozinho de peito, a quem eu queria um infinito bem, começou a emagrecer.

Experimentou-se leite de vaca. Nada adiantou.

Experimentou-se o leite da minha cabra. Em vez de melhorar, o menino ficou com o ventrezinho tal qual um tambor.

Uma noite vi a Maria Clara no quarto de minha mãe, com a filha ao lado e o meu irmãozinho nos braços.

Pela manhã, quando acordei, ela ainda estava lá em casa.

Isso se repetiu duas noites e duas manhãs. No terceiro dia perguntei à minha mãe:

– A Maria Clara está morando aqui?

– Não. Ela tem vindo amamentar o teu irmãozinho porque o meu leite está fraco.

E depois de um ligeiro silêncio:

– Lembras-te? Quando emprestei tua cabra a Maria Clara, tu fizeste toda a sorte de má-criação. Hoje, quem está doente sou eu, quem está precisando de leite é teu irmão. O leite que a cabra fornecia à filhinha da Maria Clara não lhe fazia falta porque a cabra tinha leite de sobra. Vê tu: hoje Maria Clara, espontaneamente, rouba o leite que é da filha, para amamentar o teu irmãozinho.

Baixei a cabeça envergonhado.

A latinha de merenda

Quando, lá fora, a sineta soou para o recreio, o Bernardinho chamou-me em segredo, propondo-me:

– Assim que o Custódio estiver merendando, vamos por detrás surpreendê-lo. Já falei à Conceição, ao Dedé, ao Pererreca. Nós cinco.

– Para quê?

– Para uma coisa.

Quando o Bernardino fazia daquelas propostas ninguém estranhava.

O pequeno era levado da breca. Raro dia não armava uma partida a um companheiro. Escondia o sapato ou a chinela de um; amarrava a perna de outro na perna da mesa; pregava os vestidos das meninas uns aos outros, com alfinetes; substituía por água a tinta de escrever.

Não havia demônio pior. Provocava sustos, substituía, na merenda alheia, pedaços de doces por pedaços de madeira, pedras ou cascas de banana.

Era no recreio que a meninada merendava.

Mal ia acabando de tocar a sineta, saíamos correndo para o quintal, com o embrulho ou a latinha de comida que havíamos trazido de casa.

A área do recreio devia ter mais de cem metros de comprido, quase toda plantada de sapotizeiros com grandes copas e grandes sombras.

Espalhávamo-nos sob os galhos, em liberdade, a comer e a brincar.

Eu tinha o meu sapotizeiro predileto.

Merendavam debaixo dele uns quinze ou vinte alunos, entre meninos e meninas.

A Carolina chefiava a turma.

A Carolina tinha um ar de mãe da gente: na voz, nas maneiras, nas expressões, sentia-se que havia nascido para cuidar de criancinhas.

Até no ralhar parecia uma senhora. Quando qualquer de nós se excedia em traquinadas, ela, com as maneiras de uma avozinha, dizia:

– Que é isso, Fulano? Tenha modos de menino.

A sua caixa de livros parecia a gaveta ou o balaio de uma velha.

Se alguém queria uma agulha, havia agulha; se se precisava de um botão, havia botão; se se pedia um pedaço de barbante, até pedaço de barbante lá se encontrava.

Sentíamos prazer em obedecer-lhe. Como que achávamos graça na autoridade que ela nos impunha.

O brigão da turma era o Basílio. Não sabia senão contar prosa e, à menor brincadeira, tomava ares de valentão, espancando os colegas pequeninos.

O Bicho-de-coco, claro, gordo e redondinho, vivia cochilando pelos cantos.

O Perereca, amarelo e entanguido, ia até aos murros quando o chamavam pelo apelido. Nicolau! Batizara-se como Nicolau!

Não havia no grupo ninguém mais engraçado do que o Fala Mole.

Era um menino moreno, forte, de voz preguiçosa e cantada. No primeiro momento parecia um molengão; tinha, no entanto, uma vivacidade encantadora de inteligência.

Ridicularizava as coisas com uma graça e um jeito que nos fazia rebentar em gargalhadas. Foi ele quem, pela primeira vez, chamou o Nicolau de Perereca e o Elói de Bicho-de-coco.

O egoísmo do Sinhozinho sofria na sua boca.

– Fiquem sabendo – dizia com a sua voz pachorrenta e mole –, fiquem sabendo que o coração mais duro desta vila é o do Sinhozinho. Já viram vocês o carneiro de sela que ele ganhou? Uma tentação.

Branquinho como espuma, todo arreado como um cavalinho. É de a gente ficar com água na boca. Todos os dias, à tarde, eu vou namorar o carneiro. Chego, adulo o Sinhozinho, digo que ele é rico, que é o menino mais estudioso aqui da escola, o mais inteligente, e mais isto, e mais aquilo. Pensam vocês que ele já me deixou montar no carneiro? Oh, bichinho sem coração!

Da turma do meu sapotizeiro o mais pobre devia ser o Custódio. Mas era, com certeza, a mais altivo.

Às vezes ia descalço à escola. Tinha, porém, um ar de tanta distinção, que a gente se esquecia de que ele estava sem sapatos.

Na sua casa, ao que se murmurava, nem sempre havia o que comer. Mas quem o visse com aquela altivez de príncipe, julgava-o o menino mais feliz e mais farto do mundo.

Não pedia uma laranja, uma banana, um pedaço de bolo a colega nenhum. E só aceitava o que lhe ofereciam, quando ficava feio recusar.

Em certos dias comia ali junto de nós, oferecendo-nos generosamente o que havia na sua latinha. Em outros, afastava-se para merendar junto de uma touça de jasmins a alguns passos do sapotizeiro.

– Por que é que o Custódio, às vezes, vai comer longe de nós? – perguntou um dia o Dedé.

A Conceição explicou:

– Porque traz de casa coisas gostosas e não quer repartir conosco.

– Hum! Não é! – disse o Bernardino. – Ali há mistério e eu hei de descobrir.

Naquele dia tivemos a explicação do caso.

Quando o Custódio, com a latinha de merenda, se afastou para o jasmineiro, o Bernardino fez-nos um sinal. Fomos por trás da touça, na ponta dos pés.

O Custódio metia a colher na lata e levava-a gostosamente à boca, como se estivesse a saborear um bom petisco.

Eu e o Dedé de um lado, o Canutinho, a Conceição e o Perereca de outro, caímos-lhe em cima, inesperadamente.

O Canutinho arrebatou-lhe a latinha das mãos.

Oh, surpresa! Ficamos todos acanhados, tristes por aquela descoberta.

Na lata não havia nada, nada, nenhum vestígio de comida.

O Custódio tinha-a trazido vazia de casa e, para que não soubéssemos das duras necessidades de seus pais, fora para perto do jasmineiro, fingir que comia.

O vendedor de chinelas

Não devia haver no mundo ninguém mais teimoso, mais casmurro e mais retrógrado do que o Lelé Romão, o homem que fornecia lenha para quase todas as cozinhas da vila.

Convencera-se de que um homem não tinha necessidade de instruir-se e ninguém lhe tirava esse erro da cabeça. E costumava dizer com certo garbo:

– Não sei ler, não tenho parente que saiba; no entanto, nem eu nem os meus parentes morremos por isso.

E criou os filhos analfabetos.

O mais novo era o Macário, um pequeno vivo, dócil, inteligente e trabalhador. Já tinha doze anos e ninguém conseguia que o pai o pusesse na escola.

Dona Janoca não se cansava de insistir:

– É um crime deixar um menino destes sem instrução. Um pequeno que podia dar tanta coisa!

E, quando se encontrava com o lenhador, não poupava palavras para lhe vencer a teimosia.

– O senhor resolve-se ou não a entregar-me o Macário?

Lelé Romão coçava a cabeça e fazia meio de escapulir da conversa.

Ela repetia:

– O pequeno está crescendo. Cada dia que se passa é um dia que se perde. Aproveitemos, enquanto ele é novinho. Talvez se possa fazer do Macário um grande homem.

– Eu tenho necessidade dele no mato, para me ajudar.

– Ele que vá à escola depois que anoitecer, que eu, por exceção, o ensinarei à noite.

– À noite ele quer dormir.

Dona Janoca procurava munir-se de paciência.

– Lembre-se – dizia em tom cada vez mais amigo –, lembre-se de que, sem instrução, ninguém vive.

Lelé Romão ria como se ela tivesse dito um disparate.

– Essa é boa! Meu avô viveu até os oitenta anos. Meu pai morreu com setenta e cinco. Eu, nestes vinte anos, ninguém me pega lá no outro mundo.

– Eu falo viver, viver com o espírito. Sem instrução não há felicidade.

– Então o promotor não é instruído. Ele anda por aí com uma cara tão triste que parece estar arrependido de viver.

– Isso é outra coisa. O promotor anda triste porque é doente. O seu filho poderia ser muito feliz se se instruísse. Mande-me o pequeno para a escola – insistia sorrindo.

O mulato não se abalava.

– Escola para quê? Tudo que ele precisava saber, e tudo que eu precisava que ele soubesse, ele sabe. Na escola a senhora não tem menino mais inteligente e mais sabido do que ele.

– Por isso mesmo deve instruir-se.

– Mas ele faz as coisas tão direitinho...

– Melhor as fará se tiver instrução. A perfeição é para quem tem saber. O analfabeto, por mais hábil que seja, nunca faz nada direito.

Um dia, o Antônio Brás, que cumpria sentença na cadeia, entregou ao Macário um lote de chinelas para que as fosse vender na rua.

O preso explicou tintim por tintim o que queria:

– Cada par de chinelas custa dois mil réis. Mas, se o freguês regatear, deixe por mil e oitocentos. Compreendeu?

– Compreendi.

Era um domingo. Papai e mamãe tinham ido à escola visitar as professoras.

A tarde estava fresca. Dona Janoca mandara colocar cadeiras na calçada.

Ia animada a conversa, quando, na esquina, apontou o Macário apregoando as chinelas.

Dona Rosinha chamou-o.

– Quanto custa o par? – perguntou ela.

Ele respondeu com o desembaraço de menino esperto, a voz muito clara e bem timbrada:

– Custa dois mil réis, professora, mas, se a senhora regatear, deixo por mil e oitocentos.

A gargalhada rebentou na roda.

Dona Janoca disse discretamente a meu pai:

– Negue quem negar. A verdade é que o analfabeto, por mais inteligente que seja, não faz nada perfeito.

Os que vivem nas alturas

À hora do recreio, o Canutinho, filho do coletor, mostrava-nos as estampas coloridas que o pai lhe trouxera da capital.

A maior delas era linda: fidalguinhas graciosas ouviam atentamente uma criança de seis a sete anos, à sombra de uma árvore florida do jardim de um palácio. O menino, muito claro e muito louro, tinha a pele delicada e as mãos finíssimas. Na expressão do seu rosto, no gesto fidalgo do seu braço, sentia-se um não sei quê de superioridade.

– Que bonito menino! – exclamamos todos.

– Quem é ele? – interrogou o Curió.

O Canutinho, depois de lançar os olhos para a legenda, respondeu:

– É o principezinho, filho do rei.

– Eu bem vi logo! – bradou o Perereca. – Uma pessoa assim só podia ser um príncipe. Gentinha como nós não tem esse ar.

Dona Neném, que estava a dois passos, aproximou-se e olhou rapidamente a figura. Voltou-se, depois, para o Perereca e disse com a sua voz macia:

– Acha então que um príncipe ou um rei é uma criatura diferente das outras, não é verdade?

– E não é, professora?

– Julga que um rei, só por ser rei, um príncipe, só por ser príncipe, são superiores a você ou a qualquer dos seus colegas?

– Mas eles são realmente superiores – replicou o menino. –

Vivem em palácio, têm riquezas, têm poder. E nós não temos nada, não somos nada.

– Pelo que você diz, valemos pela posição que ocupamos. Quanto mais alta a posição, mais vale uma pessoa. Não é assim?

– Eu não sei bem. Parece.

– Você está errado. As posições não dão virtudes a ninguém. Um rei, às vezes, tem mais baixos sentimentos do que o seu lacaio.

No dia seguinte ela nos mandou escrever:

> Era uma vez um Beija-flor que tinha vontade de ser Urubu.
>
> A vida que a natureza lhe dera, entre rosas, begônias, hortênsias e violetas, beijando uma flor aqui, outra ali, parecia-lhe uma vida rasteira e mesquinha.
>
> Vida brilhante, de fazer inveja a quem sonhava elevar-se acima do nível da terra, devia ser a do Urubu, que voava além das nuvens, perto do sol e do céu.
>
> E tantas foram as palavras do Beija-flor elogiando o Urubu, que este soube delas e resolveu ser amável. Mandou dizer que iria jantar em casa do Beija-flor.
>
> O Beija-flor enlouqueceu.
>
> Que iria pôr à mesa, para o hóspede? Nada mais tinha senão o néctar das flores. Mas o néctar das flores seria manjar digno de um personagem da qualidade do Urubu?
>
> Acostumado às alturas celestes, voando todos os dias pela pureza azul do infinito, o Urubu devia ter um paladar finíssimo e exigente, que não tolerava o sabor dos alimentos terrestres.
>
> E, como não tivesse confiança em si próprio, o Beija-flor chamou as Abelhas para o ajudarem. E durante dias ele e elas viveram nos jardins colhendo o mel das corolas mais perfumadas e mais frescas.
>
> Aconteceu, porém, que, na véspera do jantar, um Burro caiu morto a pequena distância da casa do Beija-flor.
>
> À noite já ninguém podia passar nas proximidades.
>
> O Beija-flor, coitado!, ficou em situação desoladora. Como

iria receber um hóspede tão fidalgo com aquele cheiro repugnante que lhe invadia a casa?

E o pobrezinho andou a noite inteira a ver se arranjava alguém que lhe tirasse o Burro morto ali de perto.

Não encontrou ninguém. Os seus amigos eram bichos pequeninos, que não podiam com o peso de um Burro.

No dia seguinte, quando o Urubu chegou, o Beija-flor estava a morrer de vergonha.

O Urubu quis ficar no jardim e, para maior tortura do Beija-flor, do lado em que o vento soprava. E o vento que soprava trazia um mau cheiro estonteante de podridão.

– Queira entrar para a sala – insistia de quando em quando o dono da casa.

– Não, não. Aqui está encantador – teimava o Urubu.

O Beija-flor pôs à mesa as finas iguarias do jantar: o sumo das pétalas mais bonitas, o mel das rosas mais lindas.

– É isto que vamos comer? – perguntou o Urubu.

– São as mais formosas da natureza.

E correu lá dentro para ir buscar a mais bela rosa que havia colhido, aquela com que contava deslumbrar o gosto fidalgo do conviva.

Mas, quando voltou, não encontrou o Urubu. Teria ido embora? Teria fugido por não suportar o cheiro horrível que o vento trazia?

E o Beija-flor, acabrunhado, saiu à procura do hóspede. Cem passos adiante, o pobrezinho parou porque sentiu o coração parar surpreendido.

O Urubu estava pousado sobre o Burro morto. E dava-lhe bicadas e dava-as com prazer, com gulodice, com voracidade.

O Beija-flor tremeu. Seria verdade o que seus olhos estavam vendo?

Era verdade.

Quem ali estava, sobre o Burro morto, era o Urubu, sim, o Urubu que ele invejava, o Urubu que vivia nas alturas, acima das nuvens, perto do sol e do céu!

Minha irmã Zizi

Logo que eu preparava as lições, o meu primeiro cuidado, em casa, era brincar com a minha irmãzinha Zizi.

Não sei se foi porque meus pais me ensinaram muito cedo a querer bem à família, ou se porque a natureza me deu uma boa dose de afeição, a verdade é que fui sempre muito agarrado aos meus.

Não podia haver irmão de mais ternura para os irmãozinhos. E quanto mais pequeninos eles eram, mais eu lhes queria, mais os acariciava.

Minha irmã Zizi ia fazer três anos. Estava na idade em que é engraçado tudo que as crianças dizem e fazem, na idade maravilhosa em que elas têm qualquer coisa de passarinho, de anjo e de demônio, e isso tão bem dosado que é com tristeza que a gente as vê crescer.

Vivia mexendo em tudo como um gatinho travesso, tagarelando, correndo e rindo, a encher a casa com a música de sua voz e a encher-nos o coração com a graça de sua meiguice.

Andava de braço em braço, embora só gostasse de viver à solta, traquinando.

Vovô Lucrécio e vovó Trindade tinham voltado à idade infantil. Passavam a maior parte do dia lá em casa, com a pequena nos joelhos, babados por tudo que ela fazia.

Uma tarde, de volta da escola, parei surpreendido no corredor. Vovô, de quatro pés, fazia de cavalo, e Zizi, em cima, gritava-lhe alegremente, sufocada de riso:

– Upa! Upa!

Era um encanto a pirralha. Tinha repentes infantis de fazer todo mundo rebentar em gargalhadas.

Uma vez estava ela passando a tarde na escola em companhia

de dona Rosinha, sua grande amiga, quando chegou um boião de melado que um vizinho mandara.

Mamãe havia-nos ensinado que não se pedia comida em casa alheia, nem mesmo quando se estivesse com vontade de comer.

Zizi, perdida por melado, ficou contentíssima, mas não disse palavra. Também não saiu de perto da professora, beijando-a, afagando-a.

Dona Rosinha, ao compreender-lhe as carícias, perguntou-lhe:
– Você quer melado, filhinha?
– Se você me der...
– Mais tarde, quando você estiver para ir embora.

Mas, durante o resto do dia, a pequena não parou de comer, ora uma fruta, ora um doce, todas as gulodices que apareceram.

E comeu tanto que, à noitinha, a professora teve receio de cumprir a promessa. Àquela hora o melado podia fazer-lhe mal. Melhor seria fingir esquecimento. A pequena, enfartada, talvez nem se lembrasse do prometido.

Ao fim do jantar, em vez de um pires de melado, a Zizi teve, como sobremesa, um copo de leite.

Não se perturbou nem fez má-criação. Pegou calmamente o copo, levou-o à boca, sorveu um gole e disse:
– Que leite doce! Até parece melado!

Uma vez, minha mãe, que gostava de preparar as sobremesas, fez um manjar branco para o almoço. Zizi viu-a colocar o prato no guarda-comidas e, mais tarde, quando pilhou toda a gente distraída, trepou numa cadeira e deu uma dentada no doce.

Estávamos à mesa quando mamãe notou a dentadinha.
– Quem teria dado esta dentada neste doce? – perguntou, fingindo-se ingênua.

Zizi, que estava perto, não respondeu.
– Não sabes, minha filha? – insistiu mamãe.

Zizi respondeu sarapantada:
– Foi Eva.

Eva era a ama-seca que lhe encobria as traquinadas.

Mamãe examinou a dentada e disse:

– Os dentes de Eva ficaram pequenos, minha filhinha.
– Por quê? – perguntou a garotinha.
– Porque a dentadinha que aqui está é de dentes muito pequeninos.
Zizi não se embaraçou e respondeu:
– Ela pediu a minha boquinha emprestada.

Dentro da mata

A fazenda de titio Aquino ficava a pouco mais de dez léguas da vila.

Um dia inteiro de viagem a cavalo e, assim mesmo, só lá chegaríamos à boca da noite se saíssemos ao clarear da manhã.

Mas somente às dez horas conseguimos partir.

Meu pai levava-me à garupa. Minha mãe, que era boa cavaleira, carregava meu irmãozinho de peito. Titio Aquino carregava Zizi na lua da sela. Eva ia sozinha num burro, com as mamadeiras, as garrafas de leite e as fraldinhas.

Meu coração pulava de contente.

Na vila, eu tinha vida muito presa: de casa para a escola, da escola para casa.

Pulsava dentro de mim o anseio pelo ar livre das fazendas, a necessidade de correr no campo, de nadar nos riachos, de misturar-me com as boiadas, de andar descalço nos pastos, de varinha na mão, pastoreando as vacas leiteiras como fazem os meninos matutos.

Já passava de meio-dia quando começamos a penetrar na mata.

Apesar de ter nascido na roça, até àquela idade eu não conhecia a mata. Em pequenino, durante minha vida no povoado, não me deixaram sair da beira de casa.

Eu, que vinha tagarelando pelo caminho, de repente fiquei silencioso. É que o cenário da floresta me dominou imediatamente. Senti qualquer coisa de grandioso e de imponente naquelas árvores e na sombra imensa daquelas copas.

A meus olhos e a meus ouvidos não escapava nada: a meia luz do sol, coada pela folhagem; os cabos de flores pendendo dos cipós e dos galhos; o canto das aves; um ou outro fio d'água que passava espumando; um ou outro animal arisco que voava ou corria por entre os troncos, tudo e tudo eu queria ver e sentir.

Parecia-me, às vezes, estar sonhando.

O eco das vozes, a cintilação da luz coada através das folhas, o rumor do vento no alto das ramadas, a multidão de pássaros a cantar, faziam-me uma confusão atordoante na cabeça, dando-me a impressão de que eu estava num outro mundo, ouvindo e vendo coisas que nunca foram vistas.

Por mais que fizéssemos os cavalos andar ligeiro, a noite nos apanhou em plena mata.

Era uma noite negra, morna, sem estrelas, sem luar.

Toda a majestade da floresta desaparecera com o apagar do sol.

Não se enxergava um palmo adiante dos olhos. As montadas como que marchavam só pelo tato.

Agarrei-me, amedrontado, à cintura de meu pai.

Minutos depois fui percebendo, aos poucos, que uma claridade estranha se levantava ao longe.

Seria a lua que estava nascendo? Não podia ser. O clarão que subia tinha tons esverdeados e a luz do luar é branca como a cambraia.

– Que é aquilo, papai? – perguntei.

– Os vaga-lumes.

A claridade foi aumentando, aumentando, a envolver a selva inteira. Já se via o rascunho do caminho.

Ao dobrar uma curva da estrada não pude conter um grito de surpresa. Eu tinha diante dos olhos uma paineira iluminada! Estava toda ela, de alto a baixo, coberta de pirilampos, a luzir e a reluzir num incêndio verde.

Os animais marchavam vivamente.

A estrada era um tapete de faíscas.

À proporção que se avançava, crescia o deslumbramento. A floresta, agora, era toda um fogo de artifício.

Os vaga-lumes caíam das copas verdes, aos milhares, aos milhões, numa chuva de luz. Parecia que o céu esfarinhava estrelas sobre a terra.

Pássaros puseram-se a cantar nos ramos. O fulgor era tanto que eles imaginaram que o dia estivesse nascendo.

A vaquejada

Dois dias depois, a fazenda de titio Aquino foi tomando uma animação que me surpreendia.

Vozes humanas, relinchos e tropéis de cavalos, mais gente que de costume e muitos e muitos vaqueiros que chegavam, de quando em quando, alegres e ruidosos.

Ia começar a vaquejada do ano, e as vaquejadas, nas fazendas nortistas, têm aspectos de festa.

A vaquejada é a contagem anual do gado.

Garrotes, novilhos, vacas e bezerros são criados tão à solta nos campos e nos matos que, às vezes, nem os próprios donos sabem os que possuem. De junho a julho traz-se o gado para os currais da fazenda, conta-se cabeça por cabeça e de novo os animais voltam à vida livre.

As fazendas, por esse tempo (uma, duas, três semanas), tomam uma feição interessante. Há vida. Há movimento. Há ruído e bravura.

Os vaqueiros dos arredores são convidados para lidar com as boiadas agrestes; convidam-se as famílias vizinhas para assistirem à luta dos vaqueiros com os novilhos bravios.

Ao cair da noite havia tanta gente que, na casa-grande, nos movíamos com dificuldade.

– Cazuza! – ouvi uma voz gritar atrás de mim.

Voltei-me. Era o Fala Mole.

Estava de causar inveja a qualquer menino, todo vestido de couro como um vaqueirinho: perneiras, gibão, peitoral, chapéu. Até a vara de ferrão trazia ele empunhada, como os vaqueiros.

Abracei-o.

– Que é isto? – perguntei deslumbrado pela sua roupa.

– Você não sabe que meu pai é vaqueiro?
– Sei.
– Esta vestimenta foi o presente que papai me deu pela distinção que eu ganhei nos exames de dezembro. Mas só anteontem ficou pronta.

E contou. Na vila, a meninada, ao vê-lo vestido daquela maneira, ficou com água na boca. O Sinhozinho, com todo o seu orgulho, curvou-se. Para vestir a roupa durante duas horas, consentiu que ele montasse, uma tarde inteira, no seu carneiro de sela.

No dia seguinte, ao raiar do sol, a vaqueirama (mais de oitenta, talvez mais de cem) partia a galope para o campo.

Ia buscar o gado selvagem que vivia à toa no mato distante. À tarde voltaria trazendo a primeira leva.

E, de fato, a tarde já começava a cair, quando se ouviram uns aboiados longínquos, vindos dos campos.

A fazenda assanhou-se Os homens montaram a cavalo para ir ao encontro da boiada. As mulheres e as crianças correram a trepar na cerca dos currais.

No alto do chapadão, o rebanho apontou. Deviam ser para mais de quinhentos bois.

À frente vinha o cabeça de campo aboiando, guiando, dirigindo. À direita e à esquerda, o longo cordão de vaqueiros. Ao centro, a massa imensa do gado caminhando, corpos unidos a corpos, chifres batendo em chifres.

Em derredor uma gritaria louca:
– Afasta, novilho!
– Atalha esse garrote!
– Olha a vaca fugindo!
– Segura o boi!
– Derruba!

Para mim, naquela idade, tudo era novo. A gritaria do povo que corria para subir na cerca dos currais; a enorme boiada descendo fervilhantemente o chapadão; o galope dos vaqueiros a atalhar os touros que tentavam fugir para o mato, assanhavam-me o sangue, deixando-me na cabeça uma impressão de alegria e de alvoroço.

Ia o gado começando a entrar nos currais, quando um novilho rompeu o cordão dos vaqueiros e saiu arrogantemente pelo descampado afora.

– João Raimundo, pega o bicho! – gritou o cabeça de campo.

Do meio da vaqueirama um homem se destacou, de esporas enterradas no cavalo, correndo rumo ao animal.

– Pega! Pega! – bradou toda a gente.

O touro, pinoteando, galgou a ladeira, à frente. O vaqueiro galgou-a também. Lá adiante, o garrote torceu à esquerda. O João Raimundo também torceu.

De súbito, o animal desapareceu numa grota. O vaqueiro desapareceu atrás.

Vinte segundos, um minuto, talvez, de impaciência em toda a gente. Novilho e vaqueiro ressurgiram depois em pleno campo, iluminados pelo sol da tarde.

João Raimundo rodava acima da cabeça o laço com que ia derrubar o touro.

– Pega! Pega! – gritavam os homens, as mulheres e as crianças.

Ele atirou o laço. O animal torceu. O golpe falhou.

Novamente, a disparada pelo campo aberto. Novamente, o laço rodando no ar.

À frente, uma árvore que o temporal derrubara dias atrás. O garrote armou o pulo para passar por cima e tombou. Tombou porque o laço do vaqueiro, alcançando-lhe os chavelhos, tolhera-lhe o salto no meio.

Em derredor dos currais ouviu-se o brado de todo mundo:

– Bravos! Bravos! Bravos!

O Fala Mole, ainda trêmulo de emoção, aproximou-se de mim.

– Sabe quem é esse vaqueiro que acaba de derrubar a garrote? – perguntou-me.

E, sem esperar que eu respondesse, bateu fortemente no peito:

– É meu pai!

E com um sorriso em que mostrava a grandeza do seu orgulho:

– É homem como trinta!

O voluntário do Paraguai

– Venha cumprimentar o meu amigo – disse-me vovô, quando lhe entrei em casa, naquele domingo. – Cumprimente-o, que ele é um patriota. Defendeu o nosso país na guerra.

O homem que vovô me mostrava era magro, forte, muito alto. Tinha a pele escura, a cabeça branca e manquejava ligeiramente da perna esquerda.

A altura, a magreza, a barba e o cabelo alvos, no rosto quase negro, davam-lhe um aspecto impressionante.

Era o velho Honorato, voluntário do Paraguai. Eu o conhecia de nome. Vovô falava nele quase todos os dias.

Morava muitas léguas distante e só vinha à vila, uma vez por ano, receber um pequenino soldo que a nação lhe pagava por ter lutado em defesa da pátria nos campos paraguaios.

Vovô queria-lhe um bem de irmão. Punha-lhe em ordem os papéis para que, na capital, o soldo lhe fosse pago em dia e, quando o amigo estava para chegar, preparava-lhe um quarto.

No momento em que eu transpus a porta, entrou o vigário.

Os três velhos puseram-se a conversar afetuosamente sobre o passado.

Fiquei de lado, ouvindo-os. Recordavam tudo com tanta alegria e tanta vivacidade que pareciam crianças falando de brinquedos.

– Vocês vão sair? – perguntou o padre Zacarias, vendo os amigos de chapéu na cabeça.

– Vamos aí por essas ruas – disse o velho Honorato. – Estou com saudades da vila. Venha conosco.

Saíram os três. Vovô levou-me pela mão.

Andamos a vila inteira, parando aqui e ali, entrando numa casa e noutra.

Ao passarmos pela escola, dona Janoca e as duas irmãs estavam à calçada, gozando a fresca da tarde.

Foram buscar mais cadeiras para nós. Sentamo-nos todos. Uma rapariga apareceu com a bandeja de café.

A palestra foi-se avivando.

O velho Honorato não podia compreender que a diretora não usasse castigar os alunos.

– De que maneira consegue a senhora que as crianças estudem?

– Pelos meios brandos. Pelo estímulo. Pelo exemplo.

– Isso não me entra na cabeça.

– Não lhe entra na cabeça porque você é um bárbaro! – exclamou o padre, com ar brincalhão. – O que não se consegue pela brandura, homem de Deus, não se consegue pela violência. Onde se viu a violência produzir obra que prestasse?

– É que fui soldado. Só vejo as coisas através da disciplina. E disciplina, sem castigo, não havia no meu tempo.

– Como está este homem atrasado! Como está este homem atrasado! – repetia o vigário jovialmente.

E com ar cada vez mais brincalhão:

– Este bárbaro, professora, esteve na guerra, matou gente. Não pode entender as coisas belas da vida, porque tem a consciência pesada.

Todos riram. O velho soldado riu também. Mas, depois, ficou sério, com uma leve sombra de tristeza nos olhos.

– Se matei gente, não sei – disse três segundos depois. – O que sei é que não tenho peso algum na consciência. Na guerra nada mais fiz do que cumprir o meu dever. Se o que fiz estava errado, a culpa não foi minha e sim dos que sabiam mais do que eu, dos que me ensinaram que aquilo era bom e era digno.

– Tem razão! – exclamou o padre Zacarias. – Os homens até hoje não atingiram a grandeza da obra de Deus. Até nas escolas se ensina que matar os nossos semelhantes é servir à pátria!

Durante um minuto ninguém falou.

O velho Honorato enrolou vagarosamente o seu cigarro de palha e depois disse:

– Durante a minha vida, na guerra, tive um ato, apenas um, que eu não sei se é digno ou se não é. E essa dúvida me rói, até hoje, a consciência, tal qual o cupim rói a cumeeira de uma casa.

E voltando-se para o padre:

– E você, que é meu amigo, você, que é santo, vai dizer-me se fiz mal ou se fiz bem.

E contou.

O prisioneiro paraguaio

Isto foi no Paraguai, dois dias depois da grande batalha de Tuiuti.

A minha brigada era a 10ª, dirigida pelo coronel Carlos Resin, e o meu batalhão, o 2º de Voluntários, comandado por Deodoro da Fonseca, o mesmo que, em 1889, proclamou a República.

Algumas horas depois do combate, verificou-se que uma pontinha de gado do meu regimento havia fugido, espantada pelo estrondo da artilharia.

Mas eram tantos os feridos e os mortos que só na segunda manhã se pôde arranjar tempo e gente para procurar o gado.

E, assim mesmo, pouca gente. Não passávamos de oito soldados, sob o comando do cabo Onofre, um cearense deste tamanhinho, mas valente como um leão.

A vitória brasileira tinha sido formidável. Os paraguaios, derrotados, deviam estar longe. Podia-se, portanto, percorrer, sem perigo, os matos daquelas duas léguas mais próximas.

Logo que o dia amanheceu, partimos em direção de Estero Bellaco, uma lagoa que ficava à esquerda do acampamento.

Já passava de nove da manhã e ninguém via o mais vago sinal de gado.

Era preciso seguir para mais longe. E seguimos.

Lá adiante, um matagal cerrado fechava o caminho. Entramos no matagal. E íamos rompendo a galhada espessa, quando avistamos seis paraguaios estendidos no chão, dormindo.

Bastava um pulo para que os apanhássemos à unha.

Só acontece o que tem de acontecer.

Aqueles homens iam ter a sorte de escapar das nossas mãos.

Antes que lhes tocássemos, acordaram e saíram a fugir loucamente pelo matagal adentro. Demos uns tiros sem resultado. Mas um dos homens, ao arrancar para a corrida, embaraçou os pés num cipó e caiu. Seguramo-lo.

O cabo Onofre amarrou-lhe os braços e pô-lo a caminhar à nossa frente.

Alguns passos adiante, encontramos, na areia, sinais de gado. Ao mesmo tempo o Candongas, um burro que pertencia ao nosso batalhão, surgiu no caminho, a mancar fortemente de uma perna.

O cabo coçou a cabeça e disse:

– O Candongas e este paraguaio vieram atrapalhar a nossa vida. Não podemos deixar de procurar os nossos bois, mas também não podemos abandonar o paraguaio nem o burro.

E apontando-me:

– Vá levar os dois ao acampamento.

Eu era um rapaz decidido, que não fazia cara feia a serviço nenhum. Mas aquele era serviço demais para um homem só.

Chamei o cabo em particular e mostrei-lhe a dificuldade.

– O burro, assim doente, não pode ser montado – expliquei-lhe. – Sou obrigado a levá-lo a mão, pelo cabresto. É a mão que eu tenho para conduzir o prisioneiro. Ou eu cuido do bicho ou eu cuido do homem. Além do mais, não confio nas cordas com que está amarrado o paraguaio.

– Que é difícil eu sei, rapaz! Foi por isso que o escolhi.

– E se o paraguaio tentar fugir? – perguntei.

– Passe-lhe fogo – respondeu calmamente.

Segui com os dois em direção ao acampamento.

Devia ser mais de meio-dia quando senti fome.

Amarrei o Candongas numa árvore, o paraguaio noutra, acendi o fogo e assei um pedaço de carne seca.

Mas, ao levar a primeira porção à boca, senti vergonha de comer sozinho, tendo um homem defronte de mim.

– Não quer? – perguntei-lhe.

Não respondeu.

– Não está com fome, rapaz?

– Estou. Há três dias que não como.

– Pois eu sinto aqui dentro uma vontade doida de lhe dar um pedaço de carne. Mas você pode querer fugir. Só se se comprometer a ficar quietinho...

– Palavra de honra.

Desamarrei-lhe o braço direito, para que pudesse levar o alimento à boca.

Pendia-lhe do pescoço uma pequena medalha de prata.

Botei-lhe os olhos na medalhinha.

Ele notou a curiosidade do meu olhar e disse:

– Foi minha mãe que me deu na hora em que segui para a guerra.

Eu sou duro de me comover, mas aquilo me tocou repentinamente o coração.

Lembrei-me de minha mãe, a chorar como louca ali, à beira do rio, no momento em que eu partia aqui da vila.

Olhei demoradamente o paraguaio.

Era um rapazinho de dezenove para vinte anos, forte, mas com ar cansado de quem tem sono e fome. Havia nos seus olhos um quê de infantil que me enternecia e me inquietava.

E olhei-o mais, mais. E quanto mais o olhava, mais lhe ia querendo.

E pus-me a refletir, em silêncio, no fundo do pensamento. Por que razão eu considerava aquele homem meu inimigo? Que mal ele me tinha feito? Havia, entre nós dois, algum motivo de ódio?

Nada. Nada. O que eu sentia por ele era uma atração irresistível, uma ardente simpatia pela sua mocidade e pelo seu destino.

Entre nós existiam pontos de contato na sorte, e, talvez, existisse, também, igualdade de sentimentos no coração.

Caí em mim. Eu, na guerra, com criancice! Eu, na guerra, a ter pena de um prisioneiro inimigo!

Afastei os pensamentos e disse com ar duro de quem não se dói de ninguém:

– Você está mentindo, paraguaio. Foi, com certeza, alguma rapariga que lhe deu essa medalha.

– Não. A que minha noiva me ofereceu, perdi-a.

Fixei-lhe novamente os olhos.

– Então você tem uma noiva?

– Sim. Íamos casar quando me seguraram para a guerra.

Não pude dar mais uma palavra. Noivo eu também era. Foi em casa da Joaninha, uma tarde, que os soldados do recrutamento me agarraram.

Baixei a cabeça, pensando.

Saberia aquele rapaz por que estava, longe de sua casa, a derramar sangue alheio e a matar gente desconhecida?

Não estaria, como eu, a perguntar a si próprio com que fim se fazia aquela carnificina? Teria culpa do que estava acontecendo? Teria dado motivo àquela tremenda desgraça, ou aquela tremenda desgraça era obra do erro, da ambição e da maldade dos homens que o governavam?

E olhei-o mais e mais. E quanto mais olhava mais o sentia meu irmão.

– Que faria você se conseguisse libertar-se? – perguntei-lhe.

– Arranjaria meio de ir para perto de minha mãe e de minha noiva.

Não sei quanto tempo fiquei calado. Sei que, quando dei por mim, estava desamarrando os braços do paraguaio.

– Vá embora! – disse-lhe ao desatar o último nó.

Ele ficou parado, sem entender, sem acreditar.

– Vá! – bradei-lhe numa ordem.

Saiu correndo por entre as árvores. Vi-o ainda de longe, parado, a agradecer-me com os olhos.

Depois desapareceu.

À tarde, quando o cabo Onofre chegou ao acampamento, corri-lhe ao encontro.

– Eu não dizia?! O paraguaio escapuliu!

– E o Candongas?

– O Candongas está aí.

– Então não se perdeu muita coisa – afirmou ele, pilheriando. – Na guerra, um burro, mesmo um burro manco, é muito mais útil do que um prisioneiro.

O velho Honorato calou-se. Picou o fumo com o canivete, enrolou um novo cigarrinho e depois falou:

– Tinha eu o direito de soltar o paraguaio? É esse o ato que até hoje me rói a consciência. Não sei se fiz bem, se fiz mal.

E, voltando-se para o vigário, pediu:

– Diga-me, diga-me qualquer coisa.

– Você fez muito bem – murmurou o padre com a sua voz

macia. – Nunca pode ser um ato mau aquele que é um ato de piedade humana. No mundo não deve haver povos amigos, povos inimigos; só deve haver irmãos. O bom patriotismo é aquele que se pode praticar juntamente com a fraternidade. Porque o bom patriotismo não é o que vence as guerras, mas o que realiza a paz e a concórdia dos homens.

E com a voz cheia de calor:

– Você fez muito bem, Honorato. O seu procedimento seria belo em qualquer ocasião e mais belo foi por ter sido na guerra. Na guerra, o fim é destruir. Não há demência, não há humanidade. E você, na guerra, teve um gesto de misericórdia.

E erguendo-se:

– Pode ser que, para os homens, você seja um criminoso, mas para Deus, que não nos fez inimigos e, sim, irmãos, você praticou uma nobre ação.

O Aniversário da diretora

O dia dos anos da diretora caiu numa quinta-feira. A festa começou pela manhã, na igreja, com música no coro e hinos cantados por nós, ao terminar a missa.

A meninada compareceu inteira. O padre Zacarias fez um sermãozinho tão comovedor que muitas senhoras choraram.

À porta da igreja formou-se o cortejo em direção da escola.

À frente ia o Biné soltando foguetes. A banda de música, com os instrumentos mais lustrosos que nos outros dias, caminhava à dianteira, tocando um dobrado.

A seguir, de passinhos certos como os soldados, marchavam os alunos, dois a dois: os pequenos na frente, os taludos atrás. Logo após, ia dona Janoca, cercada de senhoras, do vigário, do juiz de direito, do promotor, de toda a gente importante da vila.

Ao chegar à escola, o prefeito, que era o Manoel Balbino, pai do Sinhozinho, falou em nome do povo.

Conceição, a aluna mais inteligente da minha classe, leu um discurso escrito por ela própria, saudando a diretora.

Pode ter sido impressão de infância, mas a verdade é que achei maravilhoso o discursinho. E parece que foi essa a impressão de toda a gente, a julgar pelas palmas e abraços que a pequena recebeu.

Quatro ou cinco meninos declamaram poesias. O melhor foi o Pata-choca. Recitou o "Canto do Tamoio", de Gonçalves Dias.

Eu, que o conheci no povoado com aquele ar de moleza e embrutecimento, fiquei a ouvi-lo de boca aberta. Era outro nos gestos, nos olhos, na voz e na inteligência.

– Esse pequeno dá para a coisa – disse o promotor, ao vê-lo terminar.

A Biluca, aquela menina que tinha por mim amizade de irmã, recitou por último. No fim houve umas palmadinhas chochas, de condescendência.

A culpa não era dela, mas dos pais, que, por excesso de afeto, a obrigavam a expor-se em público com a voz fanhosa de corcundinha.

Assim como se conta um romance, na vila se contava a história da cegueira dos pais por aquela filha.

Desde o primeiro ano de casados que eles esperavam uma criança para lhes alegrar a vida. Mas o ano passou, passou o segundo, o quinto, o décimo, e nada do pimpolho que sonhavam.

Viviam os dois de casa em casa, namorando, presenteando e mimoseando os filhos alheios, como se fossem seus próprios filhos.

Depois de quinze anos nasceu a Biluca. Alegria indescritível naquelas almas. E o contentamento foi tanto que não perceberam o aleijão da menina. Andavam a mostrá-la por toda a parte como se mostra uma obra de arte, e sentiam-se orgulhosos se tinham ocasião de apresentá-la em público.

Já passava de dez horas quando nos sentamos à mesa de doces, debaixo dos sapotizeiros do quintal.

Os meninos estavam endiabrados.

O Fala Mole, com o seu ar molengo, tirava, às escondidas, os doces dos companheiros distraídos.

No momento em que o Bentoca entretivera conversa com a Carolina, o Perereca lhe surripiara os doces, pondo-lhe no prato um punhado de areia.

O Antonico, que costumava tirar os sapatos por economia e para dar liberdade aos dedos, quando os procurou, só encontrou um pé. O outro, o Bernardino havia-o escondido no fundo do quintal, dentro de um balde de água.

A Conceição, essa fez a classe rir gostosamente. O Sinhozinho, na sua roupinha de brim branco, parecia ter o rei na barriga. Para não amarrotar a roupa, não se aproximava de ninguém e não queria que ninguém se aproximasse dele. O demônio da pequena, disfarçadamente, deu certo jeitinho ao braço e entornou-lhe, sobre o paletozinho e a calça, a sua xícara de chocolate.

Depois da mesa começaria o baile infantil.

A banda de música ia principiando a tocar para o baile, quando o Biné entrou na escola com uma novidade: o velho Honorato estava caído na rua.

Correram todos à esquina próxima, não só a gente grande como a pequenada.

Estendido nas pedras da calçada, o pobre velho dormia, babando. Todo mundo percebeu ao primeiro olhar: era uma bebedeira.

Houve uma sombra de constrangimento em todos os rostos.

A barba branca de vovô tremia. O padre não erguia a cabeça.

– Como foi isto? – perguntou dona Janoca, cheia de espanto.

– Acontece quase todas as vezes que ele vem à vila – explicou vovô, desoladamente. – É sempre lá em casa que acontece; desta vez, por infelicidade, foi na rua.

– No entanto – acrescentou o padre Zacarias, em voz alta, para que toda a gente ouvisse –, no entanto este homem não bebia. Nós, os velhos desta terra, que fomos rapazes com ele, sabemos disso. Só depois que veio da guerra é que o vimos bebendo.

E com um gesto, indicando o pobre velho estendido no chão:

– E esta é a menor das desgraças que a guerra produz!

Os seus olhos fixaram-se em dona Janoca.

– Professora – disse com uma voz que nos fez bater o coração –, não se descuide um só momento de incutir nos seus alunos a repugnância pela guerra.

– E o senhor acredita que com isso a guerra desapareça?

– Acredito. Eu não descreio um instante na obra do bem. Se a guerra ainda não desapareceu do mundo, é porque o mundo não tem feito outra coisa senão louvá-la, engrandecê-la. O que até hoje se tem ensinado nas escolas é a glorificação do herói, isto é, do homem que mata. Ensine-se a paz, a fraternidade, a humanidade, que as crianças de hoje – os homens de amanhã – serão menos ruins do que nós, menos feras do que somos.

O seu braço ergueu-se sobre as nossa cabeças.

– Professora, a semente é esta: a infância. Sem se cuidar da semente, não se tem bom fruto. Comece-se, pela criança, a ensinar o horror à guerra, que a guerra desaparecerá do mundo.

FORTES e fracos

O Bicho-de-coco, ao passar entre as carteiras, tocou, sem querer, no braço do Basílio. Este, que no momento fazia o exercício de caligrafia, borrou a escrita.

– Bruto! Veja o que fez!

– Desculpe. Foi sem querer.

– Lá fora você me paga.

E, à saída, na primeira esquina, atirou-se contra o colega, esbordoando-o.

O Antonico deteve-o pelo braço.

– Que covardia é essa?! Não vê que ele é pequenino? Por que você não dá em mim?

A atitude de Antonico entusiasmou-nos.

– Bravos, bravos! – gritou a meninada em coro.

O Basílio estava da cor da cera.

– Por que vou eu brigar com você? – respondeu de lábios trêmulos. – Você não borrou a minha escrita. Não me deu motivo para eu brigar.

– Você está precisando de uma lição e, para que a tenha, vou dar-lhe motivo para brigar comigo. Aí o tem.

Com um empurrão estendeu-o na calçada.

Quando o Basílio se ergueu, o Laleco veio bater-lhe no ombro.

– Agora você tem que dar nele.

– Não sei por quê.

– Ele o atirou ao chão e o machucou.

– Não. Eu é que escorreguei. Não estou machucado.

E saiu coxeando. Irrompeu a vaia.

Combinamos que não se contaria nada na escola.

– Para que esse trabalho de guardar segredo? – disse o Fala Mole. – Para que, se, daqui a dois minutos, na escola se saberá de tudo? Olhem quem está ali.

Era o Biné!

No dia seguinte, sabia-se tudo na escola. À hora do exercício de escrita, dona Neném ditou:

> Um Mosquito voava despreocupadamente nos ares, quando se sentiu preso na teia da Aranha.
>
> E estava a fazer esforços para libertar-se quando a Aranha se aproximou, dizendo-lhe com voz ameaçadora:
>
> – Não se mexa tanto assim, cavalheiro, que acabará quebrando as malhas de seda da minha teia.
>
> – Senhora, ajude-me a libertar-me – pediu o Mosquito, delicadamente.
>
> – Está aí uma coisa que não lhe posso fazer – declarou a Aranha. – O cavalheiro invade, violentamente, a minha propriedade e ainda me pede que eu lhe abra a porta para sair!
>
> – Perdão, senhora, não invadi a sua propriedade. Eu vinha voando e, quando dei por mim estava preso a estas malhas. Foi sem querer.
>
> – Não posso acreditar que, sendo o espaço tão vasto e mais vasto ainda para um Mosquito, o amigo viesse, sem querer, esbarrar na minha casa.
>
> – Palavra de honra de Mosquito. Não tive intenção de ofendê-la. Não me passou pela cabeça o mais vago propósito de invadir a sua propriedade.
>
> E com a voz mais doce deste mundo:
>
> – Agora, que já dei as satisfações necessárias, peço à querida amiga que me ajude a voltar à minha liberdade.
>
> A Aranha replicou imediatamente:
>
> – Vontade não me falta, senhor, mas isso é impossível.
>
> – Por quê?
>
> – Cada um de nós preza o seu nome. O mundo está cheio da boa

fama das Aranhas. Seria um erro eu destruir essa boa fama, depois de a conquistar com tanto sacrifício.

– Não compreendo.

– Eu o farei compreender. No começo do mundo, quando construí a primeira casa, os voadores vinham esbarrar nas minhas malhas, quebrando-as, rompendo-as. Para acabar com tal abuso, resolvi que todo aquele que eu apanhasse nos fios da minha rede, na minha rede ficaria para me servir de alimento. A notícia dessa resolução espalhei-a largamente pelos ares. Não houve quem não tivesse conhecimento dela. Apesar disso, de quando em quando, aqui vêm ter Mariposas, Pirilampos, Libélulas e toda a sorte de bichinhos miúdos. Procedo igualmente com todos. Ninguém poderá queixar-se de que eu dou preferência a este ou àquele. Devoro a todos, todos, sem exceção.

E arrepiando dignamente os pelos veludosos:

– Ora, se eu puser o amigo em liberdade, que se dirá de mim? Dir-se-á que eu não sei fazer justiça. O cavalheiro, decerto, não quererá que eu fique desmoralizada.

Mal acabou de falar, uma Abelha, que voava nas proximidades, ficou presa nas malhas da teia. Em seguida, um Besouro. Minutos depois, um Grilo.

– Está vendo? – disse a Aranha ao Mosquito. – Todos os que estão ficando presos na rede, da rede não mais sairão. A boa justiça é aquela que é igual para todos.

Naquele momento, um Gavião vinha voando rumo da teia.

– Se ele não se desviar, é mais uma vítima! – murmurou o Mosquito penalizado.

E o Gavião não se desviou. Rompeu os fios, fez um grande rombo nas malhas, passou e foi-se embora.

Quando o Mosquito olhou a Aranha, ela estava num cantinho, encolhida, trêmula e assustada.

– Que foi isso, senhora? – bradou o prisioneiro. – Não viu nada? Não viu o estrago que o Gavião fez na sua casa? Quase que a reduziu a frangalho.

– Não tem importância. Eu a conserto facilmente.
– Mas ele invadiu a sua propriedade. Que justiça é a sua, senhora?! Por que não o aprisionou para a sua mesa, como fez comigo, com a Abelha, com o Grilo, com o Besouro? Fale! Fale!
– Quer saber por quê? Porque não gosto de carne de Gavião – respondeu a Aranha com ar de pouco caso.

– Eu conheço muita gente, na vida – disse dona Neném –, que é igualzinha à Aranha. Se os pequeninos e os fracos, mesmo sem querer, lhe causam um dano insignificante, mostra-se ofendida e vinga-se terrivelmente. Mas se o dano é causado pelos fortes, finge não perceber.

E concluindo:

– Os verdadeiros valentes são aqueles que se batem com os Gaviões, mas que sabem perdoar aos Mosquitos, às Abelhas e aos Besourinhos.

Toda a sala riu. Só o Basílio ficou sério.

– O Basílio hoje está carrancudo – disse a Conceição, troçando.

O apito do gaiola

Foi num dos últimos dias de dezembro, no fim do jantar, que me deram a grande notícia: no começo de fevereiro, meu pai iria levar-me para o colégio, em São Luís.

Creio que não houve, na minha meninice, novidade que me causasse maior contentamento. Senti tanta emoção, que as mãos me esfriaram e as pernas me tremeram.

E disparei, no mesmo instante, para o cruzeiro do largo da igreja.

Àquela hora, toda a minha roda estava reunida. Não esperei chegar perto: dez metros antes, fui despejando afoitamente a notícia:

– Sabem vocês de uma coisa? Eu vou para um colégio na cidade.

Houve um silêncio profundo no grupo. Todos me olharam surpreendidos.

Contei o que tinha ouvido em casa: a conversa de meu pai resolvendo a viagem, a conversa de minha mãe sobre o enxoval que me ia fazer.

Quando acabei de falar, estavam todos comovidos.

A cidade! Para uma criança daquele tempo, ir para a cidade era qualquer coisa parecida com ir para o céu. A cidade, para nós, era São Luís, a capital. Ao que pensávamos, tudo que o mundo tinha de esplendente e de grandioso estava em São Luís.

Foi o Curió quem quebrou o silêncio:

– Ah!, se eu fosse você! – disse com um suspiro.

O Zezinho ergueu-se, sugando as calcinhas.

– Isso de ir para a cidade eu não penso, porque sei que não

é para o meu bico. Eu já me contento em ir até o meio da viagem, no vapor.

Sorrimos no fundo da alma. O vapor! Naquele tempo não era unicamente a cidade que nos enchia de sonhos as cabecinhas ingênuas. Era também o vapor, o gaiola.

Para o povo roceiro da beira dos rios, o gaiola não era bem uma máquina: era um ser extraordinário e maravilhoso, que pensava e agia como se tivesse vida própria.

Era a alegria dos lugarejos matutos.

Ao ouvi-lo apitar ao longe, os povoados ribeirinhos ferviam festivamente. Assanhavam-se as crianças, agitavam-se os homens, as matutinhas vestiam o melhor vestido e corriam todos para a ribanceira do rio.

E ele encostava fumegando, resfolgando, carregado de fardos e de gente. Os passageiros saltavam, espalhavam-se pelas ruas e pelos caminhos, diziam graçolas, contavam petas, compravam frutas e pássaros e davam por algum tempo, àqueles ermos, a nota de ruído e novidade.

Mas o gaiola era, ao mesmo tempo, o grande perigo dos povoados. Atordoava, envenenava e enlouquecia aquelas almas simples. É que ele se fazia o portador das notícias da cidade, mas o portador que exagerava e falseava. Ficava todo mundo de boca aberta, ouvindo as coisas bonitas que a gente de bordo contava da capital, ficavam as roceirinhas de água na boca, a sonhar com os gozos que os lugarejos não têm.

Quanto rapazinho não achou insuportável a casa paterna e quanto não deixou a palhoça dos pais para ser desgraçado na cidade!

Para os meninos como eu, o gaiola era tudo. Não somente porque viesse da cidade e da cidade trouxesse tudo que conhecíamos de deslumbrante e de prodigioso, mas por causa do apito.

O apito do gaiola! Não havia um só dos meus companheiros que por ele não tivesse a mesma fascinação.

Quando, ao longe, ouvíamos a zoada dos vapores, corríamos

para a margem do rio, não para ouvir as novidades, mas para ver o comandante ou qualquer pessoa de bordo puxar a corda que fazia soar o apito.

Durante longa fase da minha meninice, eu seria capaz de dar a própria vida para ter, à minha vontade, aquela corda nas mãos.

Ali, na vila, como em toda a beirada do Itapicuru, o apito do gaiola era o maior anseio da meninada miúda.

O nosso grande desejo, quando crescêssemos, era ser comandante de vapor. E se nos indagavam a razão, cada um de nós respondia singelamente:

– Para apitar à minha vontade.

– Fiquem vocês sabendo – continuou o Zezinho –, se eu botasse o pé num vapor, para viajar, eu não tiraria a mão da corda do apito, o dia inteiro.

– Vá contando com isso – disse o Laleco. – Você pensa que o comandante deixa que gente do nosso tamanho mexa no apito? Ele só é que quer apitar.

Naquela manhã de fevereiro, quase toda a escola me foi levar a bordo.

A criançada, num rumor de curiosidade, espalhou-se por todos os cantos do vaporzinho, indagando e mexendo.

Ainda faltava muito para o momento da partida, quando o apito ressoou vivamente nos ares.

Corremos todos a ver o que se passava. Era o Zezinho agarrado à corda, puxando-a doidamente.

Um homem de bordo deu-lhe uns gritos. Ele não atendeu.

Veio o imediato, veio o comandante, vieram outras pessoas. O menino, aquele menino triste de outros dias, agarrava-se cada vez mais à corda, apitando, apitando, apitando.

E só a largou quando ouviu a voz de dona Neném e da diretora.

– Você está doido, Zezinho? – perguntou-lhe o Fala Mole.

Ele, cansado, mas satisfeito, disse tranquilamente:

– Eu queria matar este desejo.

Parte 3

Floriano

o Espalha-brasas

Titia Calu

Jaime

o Bicho Brabo

Veloso

Fagundes

Professor João Câncio

A cidade

Foi num dia de sol, pela manhã, que chegamos a São Luís.

Titia Calu, irmã de meu pai, que nos ia hospedar, veio buscar-nos, a bordo, com o marido e o filho.

Até hoje não pude fixar, com exatidão, a lembrança daquele dia. Parece que ainda estou atordoado.

O mundo, acreditem, mudou inteiramente.

O progresso tornou a vida tão veloz que as crianças da atualidade não têm mais meninice. Aos seis anos já viram e já gozaram tudo, aos dez estão enfastiadas e velhas.

No meu tempo, qualquer coisa era novidade. Uma caixinha de música, um soldadinho de chumbo, um revolverzinho de espoleta, um reloginho de brinquedo, faziam a felicidade de um menino.

Eu, que vinha da roça e que quase nada tinha visto, estava com a alma preparada para todas as emoções.

São Luís, aos meus olhos, era o esplendor das cidades.

Não me cansava de andar por aquelas ruas, boquiaberto, parando diante dos velhos sobradões de azulejos, das lojas, das farmácias, das igrejas, dos jardins e das carruagens.

O repique dos sinos nas torres, o apito das fábricas, o desfile dos batalhões, os dobrados das bandas de música, deixavam-me maravilhado no meio da rua.

Tudo me encantava. A baía de São Marcos, infinitamente mais larga do que o rio em que eu nascera e toda soprada de vento, com barcos e navios maiores que o vaporzinho que me trouxera, tinha, para mim, uma grandeza estonteante.

As igrejas, com os seus altares e cerimônias deslumbrantes, tomavam, aos meus olhos, aparência fabulosa.

O Julinho, filho de titia Calu, dois anos mais velho do que eu, era um menino delicado e paciente que, no fundo, saboreava o espanto que a cidade produzia no meu espírito. E gostava de andar comigo pela rua, mostrando-me tudo.

No fim de uma semana eu tinha os lugares prediletos da minha admiração. Um deles, uma livraria onde também se vendiam brinquedos. Plantava-me perto do balcão e ficava horas esquecidas olhando os cavalinhos de pau, os velocípedes, os tambores, os trens de ferro.

Mais do que na casa dos brinquedos, eu me demorava à porta de uma relojoaria. Nas paredes, cerca de três dezenas de relógios, dos grandes, todos trabalhando, a oscilar os pêndulos. Que prazer ouvi-los dar hora quase que ao mesmo tempo, cada um com um som particular! E ninguém me tirava dali, dez, vinte, trinta minutos, à espera de que os ponteiros caminhassem para o lugar das horas.

A minha tentação maior eram os cucos.

Devia haver uns oito ou dez nas paredes. Cada um deles tinha uma janelinha fechada e quando, à hora certa, a janelinha se escancarava e de dentro surgia uma pomba a cantar "u-u", meus olhinhos brilhavam e um encantamento indescritível me invadia o íntimo.

O Julinho, com um sorriso importante de menino que conhecia tudo, esperava por mim, sem dizer palavra.

Outro lugar predileto era uma farmácia no Largo do Carmo.

À noite, em cima do balcão, acendiam-se duas grandes esferas de vidro, uma verde e outra vermelha, dessas esferas que ainda hoje se usam nas farmácias.

Raras coisas me impressionaram a imaginação como aqueles dois globos iluminados. Não podia haver no mundo nada mais bonito.

E, mal terminava o jantar, lá estava eu a insistir com o Julinho:

– Vamos à farmácia ver as bolas de luz?

O palhaço

Três ou quatro dias depois que chegamos, meu pai quis internar-me no colégio. Titia Calu aconselhou-o a que não o fizesse imediatamente:

– O pequeno precisa primeiro conhecer a cidade, passear, divertir-se, que, para viver preso entre quatro paredes, tem ele o ano inteiro. Basta que se interne na manhã seguinte à de sua partida.

E durante os quinze dias que meu pai se demorou na cidade, minha vida foi um delicioso corrupio de passeios e festas.

Combinou-se, certa manhã, que iríamos à noite ao teatro para assistir aos *Sinos de Corneville*, peça da paixão de titio Eugênio, marido de titia Calu.

Aquele dia foi para mim de louca ansiedade. Os espetáculos que eu conhecia eram apenas os do circo de cavalinhos, quando briguei com o Antonico.

E, à noite, ao entrar no teatro, foi profunda a minha decepção. Eu esperava encontrar o grande toldo do circo da vila. E o que via sobre mim era um teto e não um toldo.

Quando ergui a cabeça para o alto e meus olhos não encontraram as escadas de corda, os trapézios e as argolas que havia no circo da vila, tive um verdadeiro desapontamento.

– E os trapézios? – perguntei a titio Eugênio, que estava ao meu lado.
– Que trapézio? – disse ele.
– Os trapézios para os artistas trabalharem.
Ele sorriu:
– Não há trapézios.
– E cavalos? – indaguei.
– Também não há.
– Não há cavalos! – exclamei espantado. – E isso presta?
– Presta, sim! Você vai gostar.

Minutos depois, interroguei-o:
– Mas palhaço há! Não há?
– Palhaço há! – respondeu-me sorrindo.
– É engraçado?
– Engraçadíssimo.
A orquestra tocou. O pano subiu.
A cena apresentava um bosque. Camponeses e camponesas agitavam-se cantando.
Por alguns minutos, o cenário, os cantos, as figuras, recrearam-me os olhos e os ouvidos. Por alguns minutos apenas. Em seguida, comecei a sentir que faltava alguma coisa.
Não vinha o homem do trapézio?
Não vinha o urso?
Não vinha o engolidor de espada?
Dez minutos depois, não me contive.
– E o palhaço, titio?
– Vem já.
Fixei os olhos no palco. Cantos e cantos e cantos. Gente entrava, gente saía. E eu, ansioso, inquieto.
– Titia, o palhaço?
Ela amaciou-me os cabelos.
– Não tarda, meu filho, não tarda.

Baixou o pano.

Quando o segundo ato começou, a minha aflição era maior.

No palco, um grande salão de castelo, gente entrando, cantando, saindo, tornando a entrar.

Eu não compreendia nada daquilo, nem nada daquilo me interessava. Mas meus olhos não tinham sossego, ora à direita, ora à esquerda, ora ao fundo.

É que, para mim, o palhaço devia entrar por uma daquelas portas. E o tempo foi passando. E nada.

Mas seria possível, no mundo, um espetáculo sem palhaço?!

Já não me importava de nada: do homem da corda bamba, do engolidor de espada, da mulher que corria em pé no cavalo, do urso, do macaco, do elefante, mas o palhaço, ah!, esse eu queria, porque eu ali não tinha ido senão por ele.

E, quase ao fim do ato, uma interrogação agressiva brilhava nos meus olhos.

– E o palhaço? Não vem?

Meu pai procurava acalmar-me.

– Tem paciência, espera mais um instante.

Quando começou o terceiro ato eu bocejava.

Por mais que conservasse os olhos abertos, de quando em quando cabeceava, num cochilo.

Lá pelas tantas, ferrei no sono.

Acordei sarapantado por um forte rumor na orquestra.

– O palhaço? – perguntei imediatamente, esfregando os olhos.

– Acabou de sair neste instantinho – disse-me titio Eugênio.

Aquilo para mim foi pior que uma punhalada.

– E não volta mais? – perguntei.

– Não.

Abri num berreiro.

– Psiu! psiu! – gritaram os espectadores de todos os lados da plateia.

Titia Calu puxou-me para o colo, acariciando-me.

Calei-me, sufocado de soluços e de tristeza.

O Bicho Brabo

Na manhã seguinte à partida de meu pai, titia Calu foi deixar-me no colégio.

Era um dia escuro e feio. Do céu enxovalhado caía uma chuva miudinha que parecia estar passando através de uma peneira.

O diretor recebeu-me paternalmente.

– Vamos ver se você quer ser um grande homem – disse batendo-me no queixo.

Titia Calu deu-me conselhos, beijou-me e apertou-me nos braços.

– Juizinho! – repetiu, descendo a escada.

Fui levá-la até à porta da rua.

E, quando a vi desaparecer ao longe, senti um grande choque sacudir-me o coração. Como se naquele momento eu houvesse acordado de um sonho deslumbrante.

Senti-me sozinho, desamparado, no meio da multidão que fervia nas salas.

E lembrei-me de minha casa. Só naquela hora, depois de tantos dias, a figura de minha mãe me voltava à recordação.

O que se havia passado no meu íntimo enchia-me, agora, de remorsos. Durante aquela viagem, ou melhor, desde o dia em que pela primeira vez na viagem se falou, esqueci minha mãe.

Esquecer talvez não seja o termo exato, mas a verdade é que, durante aquele tempo, não me comovia com a imensa dor que ela, a todo instante, mostrava pela nossa próxima separação.

Para ser franco, confesso que me aborrecia vê-la de olhos molhados, todas as vezes que se falava na minha partida.

Na mesa, quando me fitava com lágrimas nos olhos, cruzando dolorosamente o talher, eu me roía por dentro. Não dizia com a boca, mas dizia com o pensamento que ela não queria que eu fosse aprender.

No entanto, era em aprender que eu menos pensava.

No dia do embarque fiz esforços incríveis para mostrar-me triste, mas o coração me cabriolava no peito como garotos à frente das bandas de música.

Nem o mais pequenino pesar por sair de minha casa! Nem a mais leve dor por separar-me da ternura materna!

Via apenas a viagem, a cidade.

Só no momento da despedida senti qualquer coisa dentro da alma. Foi quando minha mãe me apertou nos braços. Apertou-me tanto e tão demoradamente, que me parecia estar transferindo o coração através da carne. Ensoparam-se-me os olhos, tremeu-me o lábio. Mas não passou disso.

Durante aqueles dias de passeios e de festas, as coisas novas que eu via não me deixaram pensar em nada. À noite, eu vinha tão fatigado da rua, que mal tinha tempo de tirar os sapatinhos para dormir.

Só naquele dia e naquela hora voltava a mim. Não tive mais gosto para nada.

À tarde, no recreio, enquanto os meninos brincavam, encafuei-me num canto, emburrado.

Não sei qual deles me descobriu. Foi uma troça!

Uns puxavam-me o casaquinho, outros catucavam-me, outros davam-me cacholetas.

O que mais me atormentava era o Bicho Brabo.

Não havia no colégio criança mais feia nem mais antipática do que o Bicho Brabo. Baixo, entroncado, o seu rosto lembrava o focinho de uma onça. Cabelos revoltos, parecendo juba, pestanas grossas e rebeldes, nariz chato, ar espantadiço.

Nele tudo arrepiava: as unhas compridas, o despenteado dos cabelos, a voz fanhosa, as maneiras brutas. Parecia ter sido criado no mato como se criam os bichos.

À noite, quando entrei no dormitório, a saudade dominou completamente meu coração.

Ali, então, foi que senti falta de minha mãe. Até aquela idade eu nunca havia dormido sozinho, nem sozinho havia mudado, sequer, uma camisa de dormir.

Tudo me faltava. Os lençóis pareciam de chumbo, os travesseiros duros que nem tijolos e o salão imenso, cheio de gente, apavorava-me como se fosse uma tapera.

A chuva batia no telhado tristemente.

Rolei a noite inteira na cama. Como dormir, se eu não tinha minha mãe junto de mim, cantando para me adormecer!

Lá pelas tantas da madrugada, eu, que chorava silenciosamente, tive um soluço mais forte.

O Bicho Brabo, que dormia na cama junto da minha, acordou com o meu soluço. Acordou atarantado, assustado, como uma hiena que ouve um rumor estranho.

E, ao dar comigo e com as minhas lágrimas, perguntou com uma doçura com que eu não contava:

– Que foi? Alguém lhe bateu?

– Não.

– Por que está chorando?

Fiquei calado.

– Fale – insistiu, já sentado à beira da minha cama.

– A minha mãe.

– Que teve ela?

– Estou com saudades.

– Ahn!

E esse "ahn!" saiu-lhe da boca de maneira tão esquisita que estremeci.

– Oh! – exclamei. – Então você não tem saudade de sua mãe?

– Não! – respondeu-me gravemente.

– Não? – repliquei espantado.

Ele baixou a cabeça, a voz rouca:

– Não tenho mãe.

– Não tem?

– Nunca tive.

Secaram-me repentinamente os olhos. Eu, ali, a chorar a minha infelicidade, quando, junto de mim, havia um companheiro mais infeliz do que eu!

– Ela morreu? – interroguei.

– Sim. Eu era pequeno, muito pequenino...

– E você não se lembra dela?

Não respondeu. Fechou longamente os olhos como quem se afunda numa recordação e, depois, com ligeiro tom de tristeza:

– Não. Faço esforço, mas não me lembro.

Ficamos silenciosos. Eu queria falar, mas a emoção não me deixava sair nenhuma palavra da boca. O Bicho Brabo, ao que parece, também fazia os mesmos esforços, mas da boca nenhuma palavra lhe podia sair.

Dois, três minutos assim.

Quem conseguiu falar primeiro foi ele. Todo aquele ar de bicho desapareceu. Pôs a mão no meu ombro, como se fôssemos velhos amigos, e disse-me:

– Conte! Fale!

– De quem?

– Dela. De sua mãe.

E com um desolado acento de voz que me doeu no fundo da alma:

– Eu não posso falar da minha!

O professor João Câncio

O Colégio Timbira ficava no Largo do Palácio, num velho sobrado de azulejos, com a frente voltada para o mar.

Era um casarão imenso, de escadaria afidalgada, com muitas janelas, muitas salas e muitos quartos.

Embaixo funcionavam as aulas primárias e secundárias; em cima, a secretaria, a sala de estudos, o refeitório e o dormitório.

O diretor, o velho Lobato, devia orçar pelos sessenta e poucos anos: alto, magro, rosto chupado e bigode branco. Tinha voz de orador e não sabia falar senão em tom de discurso. Passava por ser o mais competente educador da cidade.

Realmente havia nascido para ensinar. Quando faltava algum professor primário ou secundário, de qualquer que fosse a disciplina, ele o substituía de pronto, e dificilmente se ouviam, naquelas salas, aulas mais agradáveis que as suas aulas improvisadas.

Mas não sabia dirigir coisa alguma. Gritava quando devia agir, ameaçava céus e terras para depois mostrar-se arrependido.

Em vez de sua vontade, predominava a vontade dos professores, e o colégio ressentia-se da desorganização das casas em que muitos mandam.

Boa pessoa no fundo. O seu dinheiro ia todo em esmolas a velhinhas e velhinhos pobres.

Era viúvo, morava no grande mirante que ficava por cima do nosso dormitório e, à noite, costumava sair para visitar as filhas casadas.

O Timbira talvez fosse o maior colégio da cidade. Cerca de cinquenta alunos internos e mais de duzentos externos.

No começo, tive dificuldade em fixar os professores na memória e, mais de uma vez, os confundi com inspetores, vigilantes e contínuos. É que eles eram muitos e revezavam-se constantemente: alguns do curso secundário, de quando em quando, vinham dar aulas a nós do primário; alguns do primário sumiam-se, passando semanas inteiras nos salões do secundário.

Havia-os de todos os feitios: os ásperos, os pacientes, os bons, os desleixados, os que gostavam de dar cascudos e os que não sabiam ensinar senão com berros.

Deles todos o mais curioso era o João Câncio. Tipo feio, magro, míope, compridão, esquisitão. Mora-va no próprio colégio, num quartinho atulhado de livros.

No primeiro momento causava impressão desagradável.

O ar tristonho, o corpo esguio, o todo desajeitado, metiam medo. Mas, aos poucos, ia-se-lhe notando na fisionomia qualquer coisa de doçura e de bondade e, nos olhos, um ardente clarão de inteligência.

Vivia à parte, silencioso, desprezado, sempre de livro na mão, absorvido na leitura.

Passava por doido. Ninguém o consultava para nada; as opiniões que, uma ou outra vez, deixava escapar provocavam gargalhadas entre os professores.

Contava-se um mundo de anedotas a respeito de suas distrações. Uma vez, na mesa, temperou o café com sal. Em lugar de meter a colher no prato de sopa, meteu-a no copo d'água. Comeu uma banana com a casca. Deu uma aula de geografia quando a devia dar de álgebra.

João Câncio era, no entanto, o melhor professor do colégio.

Não havia ninguém mais tolerante, como não havia ninguém mais justo.

O que dizia tinha sempre um tom de novidade. As coisas difíceis tornavam-se simples depois que ele as explicava. As suas aulas penetravam-nos no fundo do entendimento como um raio de sol atravessa uma vidraça.

Nos primeiros dias eu o evitava. A sua figura me causava medo.

Foi num domingo que ele começou a me entrar no coração.

Aos domingos, o regulamento nos permitia que chegássemos às janelas da rua e andássemos pela casa toda.

Como a escada fosse ampla, nós, os menores, gostávamos de brincar na escada, não só para fugir dos pontapés dos taludos, no recreio, como para escorregar, de alto a baixo, pelo corrimão.

E estávamos, à tarde, brincando, quando o professor João Câncio surgiu em cima, no patamar, acompanhado duma negra velha.

Era uma pobre mulher a quem ele costumava dar pequena esmola todos os meses.

Ela começou a descer dificilmente a escada. Em certo momento, as suas pernas trêmulas não tiveram firmeza para lhe equilibrar o corpo.

O professor acudiu-lhe com presteza, segurando-a. Deu-lhe, depois, o braço e levou-a atenciosamente até a porta da rua.

Rimo-nos todos. Ele percebeu. Ao voltar, parou diante de nós.

– De que foi que vocês riram? – perguntou. – Acharam graça em eu ter dado o braço à pobre velha? Pois, meus meninos, eu assim fiz por vários motivos. Em primeiro lugar, tratava-se de uma mulher, ou melhor, de uma senhora, e os homens devem ser gentis para com as damas. Em segundo lugar, tratava-se de uma velha e, aos velhos, nós, os moços, temos o dever de dar arrimo. Outro motivo ainda é que ela é preta.

Fez uma pequena pausa e repetiu:

– Sim, por ela ser uma preta.

O seu olhar brilhou, a sua voz aqueceu. E prosseguiu:

– O Brasil deve ter pelo negro uma grande afeição e um grande carinho. Porque, se o Brasil é o que é, muita e muita coisa deve ao negro. Para esse progresso que aí está, o negro concorreu com o suor de seu rosto, com o trabalho de seu braço, com a bondade do seu coração e com o sacrifício da sua liberdade.

Os meninos que brincavam mais longe aproximaram-se. Ficamos todos a ouvir silenciosamente.

– Desde que o Brasil começou a dar os primeiros passos para a frente, o negro está ao lado do Brasil. Nos primeiros engenhos de cana-de-açúcar, no século do descobrimento, lá está o negro trabalhando. Quando é preciso repelir os holandeses da terra pernambucana, da terra maranhense, de quase toda a terra nortista, o peito do negro é uma de nossas maiores fortalezas. Nas bandeiras que entram pelos sertões a fundo, à procura do ouro, ao lado do bandeirante, que é o senhor de tudo, está o negro, sempre trabalhador, sempre leal e sempre bom, sem ser senhor de nada.

Parou, pousando a mão esquerda no corrimão, e prosseguiu:

– Houve um tempo em que Pernambuco foi o maior mercado de açúcar do mundo; houve um tempo em que Minas se abarrotou de ouro e de diamantes; em que o Maranhão enriqueceu com o algodão; em que a província do Rio de Janeiro teve magnificência com o café; em que São Paulo, com o café, teve os primeiros esplendores. Tudo isso se fez à custa do suor do negro. Ao negro, o Brasil deve grande parte da sua riqueza, da sua grandeza e da sua tranquilidade. E, em paga disso, que foi que se deu ao negro? A escravidão.

E subindo um degrau:

– Eu, oferecendo o braço àquela pobre preta, que foi escrava, que lutou e sofreu, portanto, pela grandeza do Brasil, não lhe dei honra nenhuma. Eu é que me honrei com isso.

O Vilares, o Bonifácio e o Gonçalves

Havia, no colégio, três companheiros desagradáveis. Um deles era o Vilares. Menino forte, cara bexigosa, com um modo especial de carregar e de franzir as sobrancelhas autoritariamente.

Parecia ter nascido para senhor do mundo.

No recreio queria dirigir as brincadeiras e mandar em todos nós. Se a sua vontade não predominava, acabava brigando e desmanchava o brinquedo.

Simplesmente insuportável. Ninguém, a não ser ele, sabia nada; sem ele talvez não existisse o mundo.

Vivia censurando os companheiros, metendo-se onde não era chamado, implicando com um e com outro, mandando sempre.

Se dois meninos estavam a fazer uma troca de selos, de figurinhas ou de qualquer outro objeto, ele se intrometia no negócio, como se fosse uma autoridade.

– Não consinto nisso. Vocês, quando quiserem fazer essas coisas, falem-me primeiro, que eu digo como o negócio deve ser feito.

Não tinha um amigo. A meninada do curso primário movia-lhe uma guerra surda. E, um dia, os mais taludos se revoltaram e deram-lhe uma sova.

Foi um escândalo no colégio. O vigilante levou-os ao gabinete do diretor. O velho Lobato repreendeu-os fortemente. Mais tarde, porém, chamou o Vilares e o repreendeu também.

Eu estava no gabinete e ouvi tudo.

– É necessário mudar esse feitio, menino. Você, entre os seus colegas, é uma espécie de galo de terreiro. Quer sempre impor a sua vontade, quer mandar em toda a gente. Isso é antipático. Isso é feio. Isso é mau. Caminha-se mais facilmente numa estrada lisa do que numa estrada cheia de pedras e buracos. Você, com essa maneira autoritária, está cavando buracos e amontoando pedras na estrada de sua vida.

E continuando:

– Você gosta de mandar. Mas é preciso lembrar-se de que ninguém gosta de ser mandado. Desde que o mundo é mundo, a humanidade luta para ser livre. O sentimento de liberdade nasce com o homem e do homem não sai nunca. É um sentimento tão natural, que os próprios irracionais o possuem. E louco será, meu filho, quem tiver a pretensão de modificar sentimentos dessa ordem. Ou você muda de feitio, ou você muito terá que sofrer na vida.

Outro menino intolerável era o Bonifácio.

Nunca vi pessoa mais porca. Não sei que astúcias fazia ele pela manhã, à hora do banho obrigatório, que nunca se lavava.

Não limpava os dentes, não mudava a roupa e trazia sempre as unhas tarjadas de preto. Vivia a exalar mau cheiro, o casaco e as calças engordurados, os sapatos por engraxar. Diziam até que tinha piolho na cabeça.

Um dia, os internos primários levaram ao diretor esta queixa humilhante: a cama do Bonifácio cheirava tão mal que ninguém podia dormir perto dela.

E, durante uma semana, os exercícios de ditado constaram de lições de higiene.

Guardei o exercício que o professor João Câncio nos ditou.

"Quando vejo um homem sujo de corpo, imagino imediatamente que ele tenha maus costumes.

Se ele não cuida do corpo, que está à vista, não pode cuidar da alma, que está invisível. A limpeza para o homem é um dever.

Todos os animais fazem, à sua maneira, a sua higiene, e o homem que não se lava coloca-se abaixo dos próprios bichos."

O terceiro era o Gonçalves.

Uma das caras mais fechadas que já conheci na minha vida.

Não sabia rir. Sempre com uma ruga de zanga na testa, sempre com uma expressão de brutalidade na fisionomia.

Vivia isolado, num canto, em silêncio. Não se chegava a

ninguém. Se um ou outro companheiro lhe falava, respondia de má vontade, rispidamente, com voz muito grossa e muito áspera.

Nem ao menos brincava com os outros meninos. Era uma ferazinha na cara amarrada e nos gestos de grosseria. Quando lhe tocavam, distribuía murros e pontapés que doíam horrivelmente.

Uma tarde, no recreio, eu, que ainda não o conhecia, puxei-o para o meio da brincadeira.

Mal lhe peguei no braço, senti uma pancada no estômago e caí no chão, sem sentidos.

Quando acordei estava no gabinete do diretor, com gente ao meu lado, medicando-me.

O velho Lobato dizia ao Gonçalves.

– Conserte esse gênio. Você é um porco-espinho, lançando pontas agudas. É uma espingarda carregada que a gente tem medo que dispare. Na vida devemos ser atenciosos, amáveis, delicados. Sem amigos não há quem possa viver, e você repele a possibilidade de fazê-los. O homem nasceu para viver em sociedade, na companhia amigável dos outros homens. E, nesse meio, você quer ser fera. Hoje, o menino magoa um companheiro, amanhã, magoa outro. Mas quando abrir os olhos, estarão eles a magoá-lo. É a lei natural. Quando, num lugar, aparece um tigre, todo mundo se previne e procura destruí-lo. Você é um tigre para os seus companheiros. Corrija-se, meu filho, senão vai ter uma vida muito difícil.

O Fagundes e o Espalha-brasas

Depois do Bicho Brabo, o Fagundes era o melhor dos meus amigos.

Acamaradamo-nos três ou quatro dias depois de minha entrada no colégio, quando eu estava moído de saudades de minha casa e de minha gente.

O que o aproximou com tanta rapidez de minha simpatia foi a sua coleção de cromos. Essa coleção, que ele punha generosamente diante de meus olhos, dos meus olhos muitas vezes fizera secar as lágrimas da saudade.

O Fagundes talvez tivesse sido o menino mais caipora que encontrei na meninice.

Vivia apontado como incorrigível, quando, na verdade, era um pequeno aplicado, dócil e brioso.

Se aparecia um risco na parede, uma palavra feia no quadro-negro, uma vidraça quebrada, um fator qualquer que perturbasse a disciplina, não se procurava saber se tinha sido este ou aquele aluno. O inspetor agarrava o Fagundes pelo braço e levava-o ao diretor.

Tinha costas largas: pagava, sem querer, as culpas alheias.

Parecia que a má sorte gostava de lhe armar emboscadas.

Se ia descascar uma laranja, cortava um dedo; se entrava numa brincadeira violenta, saía inevitavelmente de braço machucado ou de perna ralada. Perdia tudo: lápis, penas, cadernos. No exame, as piores notas eram as suas, apesar de inteligente e estudioso.

Andava sempre marcado pela infelicidade: ora um

galo na testa, ora um dedo amarrado, ora um braço na tipoia, ora manquejando de uma perna.

Embora a sorte o perseguisse, era um menino bem-humorado, espirituoso, que não se cansava de pilheriar com o seu próprio caiporismo.

Num domingo de folga, em que eu passava o dia em casa de titia Calu, o Julinho levou-me, à tarde, a assistir à procissão do Rosário.

Quando fomos chegando à igreja, a procissão ia saindo. À frente, uma grande cruz de metal carregada por um homem. À direita e à esquerda, duas lanternas, empunhadas por meninos.

E um deles era o Fagundes, vestido de opa. Estava sério, muito sério, com um ar tão imponente que parecia um rei.

Bati-lhe com a mão, cumprimentando-o. Não me respondeu.

– Aquele menino é do meu colégio – disse eu ao Julinho.

– Mas ele não falou com você.

– É que não me viu.

O Fagundes lançou os olhos para o nosso lado. Bati-lhe novamente com a mão. Não fez caso. O seu olhar era um olhar superior, de quem está lá em cima e não desce a falar com a gentinha aqui de baixo.

No dia seguinte, quando ele entrou no colégio, mostrei-lhe a minha mágoa e perguntei-lhe:

– Você não me viu ontem, na procissão?

– Vi.

– Por que não falou comigo?

O Fagundes tomou um ar de pilhéria e disse:

– Porque aquele é o único instante de importância que eu tenho na vida. Você mesmo é testemunha. Eu me esforço em fazer figura: estudo, sou pacato, comporto-me. A má sorte estraga-me tudo: dá-me notas más e a fama de incorrigível. A única figura que eu tenho conseguido fazer até hoje é nas procissões, carregando lanternas. Aí, então, me vingo. Para parecer importante, não falo nem com os amigos.

Outro camarada excelente era o Henriquinho.

O Henriquinho tinha no colégio o apelido de Espalha-brasas.

Realmente, nunca vi ninguém mais avoado. Parecia estar sempre tangido por um pé de vento, sempre inflamado por um incêndio.

Não nasceu para refletir. O que fazia, fazia por impulso, entusiasmo e arrebatamento.

Punha tudo fora, esbanjando. Se o pai ou a mãe lhe dava algum dinheiro, gastava-o de uma só vez, com os colegas, no primeiro tabuleiro de doces que encontrava.

Era um menino bonito, de palavra fácil, gestos largos, voz cheia, de orador.

Gostava dos rasgos generosos: de dar a merenda que trazia, ficando sem comer até a hora de ir para casa; de entregar à primeira pessoa que lhe estendia a mão, na rua, o dinheiro reservado pana comprar cadernos e lápis.

Uma vez, quando o professor João Câncio nos veio dar aula, deparou-se-lhe o seu nome por baixo de um macaco, desenhado a giz, no quadro-negro.

– Quem fez isto? – perguntou.

Ninguém respondeu.

– Fica a turma sem recreio – sentenciou ele.

O Espalha-brasas ergueu-se:

– Fui eu.

– Não foi ele! – gritou a turma inteira.

E não tinha sido.

O professor encarou-o:

– Você julga que é generosidade o que acaba de fazer? A generosidade feita desta maneira, meu menino, é desperdício. Quem dá esmola a um vadio, não faz caridade, esbanja. Esbanja e anima o vadio a não trabalhar. Quem toma a responsabilidade do ato de insubordinação, incita o insubordinado a não se corrigir. Guarde a sua generosidade para ocasiões mais nobres, e só a pratique quando verificar que ela pode ser útil a alguém.

O Jaime e o Floriano

O Floriano e o Jaime eram, na verdade, os alunos mais inteligentes e mais adiantados do curso primário.

Mas, no físico e na sorte, não havia duas criaturas tão diferentes.

O Jaime, claro, belo, forte e elegante. O Floriano, escuro, quase negro, franzino e mal vestido.

O primeiro tinha pais ricos e morava no mais lindo palacete da cidade. O outro era filho de uma preta lavadeira, a Idalina, e vivia numa casinha de porta e janela, na praia de Santo Antônio.

O Jaime parecia um príncipe de calças curtas. Devia ter, em casa, o olhar vigilante de mãe educada, polindo-lhe os modos. Nos gestos, nas palavras, até nas brincadeiras, notava-se-lhe qualquer coisa de mais cortês do que nos outros meninos.

Ao entrar no colégio, todas as manhãs, nos deixava maravilhados. Cada dia uma roupa: ora de brim branco, ora de casimira clara, ora de tussor de seda. E sempre diferente do que os outros alunos vestiam: calças curtas, presas por fivelas abaixo dos joelhos; borzeguins até o meio das pernas; casaco elegantemente armado e um colarinho branco, da largura de uma gola, deitado no pescoço.

Com todo esse luxo era, no entanto, um companheiro encantador. Não tinha a mais vaga sombra da empáfia, da arrogância e do orgulho que são comuns nos meninos ricos. Pelo contrário: fazia-se estimar pela simplicidade, pela delicadeza e pela brandura.

O Floriano nem sempre dava uma impressão agradável a quem o via pela primeira vez.

Os olhos castanhos, num rosto quase negro, surpreendiam, espantavam. Mas, pouco a pouco, se ia notando que aqueles mesmos olhos brilhavam risonhamente, que a pele do rosto era fresca, o cabelo macio e ondulado, a fisionomia doce e luminosa.

A testa parecia não ter fim; alta, larga e bonita, como a testa dos sábios. E, à hora das lições, principalmente quando ele meditava para responder às perguntas dos professores, ela se franzia numa ruga profunda.

O Floriano despertava-me curiosidade infinita. Quando eu dava por mim, estava de olhos cravados naquela testa e naquela ruga.

Por quê? Não sei. Sei que lhe fixava o olhar, horas inteiras, atraído, deliciado, com o mesmo interesse e o mesmo deslumbramento que diante dos globos luminosos da farmácia do Largo do Carmo.

Para nós, do curso primário, ele sabia tudo. Quando alguém tinha uma dúvida ou na classe surgia uma dificuldade qualquer, havia sempre quem lembrasse:

– Vamos perguntar ao Floriano.

E o Floriano sabia sempre.

Entre ele e o Jaime a diferença era profunda.

O Jaime vivia adulado. Inspetores, vigilantes, contínuos e serventes, todos lhe queriam ser agradáveis, como se ali estivessem unicamente para lhe prestar homenagens.

Se pedia licença para sair mais cedo, saía; se chegava tarde, não se lhe dizia palavra.

Os professores, muitos deles, iam até o escândalo. Elogiavam, em plena aula, tudo que ele fazia de bom e fechavam os ouvidos e os olhos para não ouvir e não ver o que praticava de mau.

Com Floriano era o contrário. Esqueciam tudo de bom que ele fazia.

As suas provas e as suas lições eram as mais belas do curso. Mas, a não ser o João Câncio e o velho Lobato, nenhum professor as louvava.

Aquela gente não podia admitir que o filho de uma pobre preta engomadeira estivesse acima de um menino rico, filho da mais rica família da cidade.

Mas só aquela gente não admitia isso. Nós, a pequenada, sabíamos o que cada um deles valia e queríamos bem a ambos e admirávamos os dois, porque os dois eram inteligentes, aplicados e bons.

Que é pátria

– O tema que eu vou dar para a composição de hoje – disse o professor João Câncio –, além de belo, deve ser grato para vocês.

E escreveu no quadro-negro: "A bandeira nacional."

De ponta a ponta das carteiras as fisionomias se alegraram.

Já estávamos cansados dos velhos temas de composições que os professores nos davam. Sempre os mesmos: passeio no campo, noite de luar, nascer do dia, festa de batizado e tantos outros enfadonhos e inexpressivos.

O Fagundes, que estava na carteira próxima da minha, disse-me baixinho:

– Com um assunto destes, não há caiporismo que me impeça de tirar nota ótima.

O professor bateu a campainha, pedindo silêncio, e recomendou:

– Não quero frases: quero ideias. Ninguém se preocupe com palavras bonitas; preocupe-se, porém, com bonitos pensamentos. Quanto menos palavras e quanto mais pensamentos, melhor. A palavra não é laço de fita cuja serventia é enfeitar. A única utilidade que ela tem é exprimir o pensamento. Não existe palavra feia nem bonita. Todas elas são belas quando vestem belas ideias e todas são feias quando são vazias e nada exprimem.

Durante mais de meia hora, enquanto fazíamos a composição, a sala ficou silenciosa.

O Fagundes foi o primeiro a terminar a prova.

– Você escreveu depressa – disse-lhe eu.

– Com um tema dessa ordem, a pena corre sobre o papel.

No dia seguinte, quando o João Câncio entrou na sala,

sobraçando o rolo de provas corrigidas, agitamo-nos ansiosamente nos bancos.

– As composições estão boas? – perguntou o Jaime.

– Ruins – respondeu o professor.

A classe inteira ficou suspensa.

João Câncio explicou:

– Todos encheram o papel de palavras. Ninguém expôs uma ideia. Vejamos a composição do Fagundes, que foi o primeiro a entregar a prova. Ei-la.

E leu em voz alta.

"Bandeira gloriosa de minha pátria, eu te saúdo! Em ti vejo o brilho dos nossos céus, a beleza dos nossos campos floridos, a imensidade das nossas matas cerradas. Vejo a riqueza do solo em que nasci, solo fecundo em que nascem jequitibás gigantescos e correm os rios mais caudalosos do mundo! Bandeira de minha pátria, tu representas o Amazonas sem rival, o Itatiaia altaneiro, a Guanabara maravilhosa. Simbolizas o formidável território do meu país, território que vai dos picos da serra Roraima às margens do Chuí, das águas do Atlântico que banham as praias pernambucanas até as nascentes do Javari, no fundo da terra amazonense."

E depois de terminar a leitura:

– E por aí vai nesse mesmo tom. As outras composições são mais ou menos como esta. Todas exaltam a extensão do território, a beleza dos campos, das florestas, dos mares, das montanhas etc., etc.

Limpou os vidros dos óculos e prosseguiu:

– Ora, exaltar estas coisas é ter da pátria uma noção inteiramente errada. É ter da pátria a noção de coisa material, que tem corpo, que se toca e que se pega. Ora, pátria não é isso.

– Que é pátria, então? – perguntou o Floriano, com a ruga da testa mais carregada que nas outras ocasiões.

– Pátria – explicou o professor – é qualquer coisa acima disso tudo, isto é, qualquer coisa de espiritual. Não existem pátrias físicas, ou melhor, pátrias não se medem pela extensão territorial. Brilho de céus, beleza de campos e mares, riquezas e tamanho da terra, são obras da natureza para as quais o homem não concorreu com uma parcela do seu esforço. E pátria é, principalmente, o esforço digno de seus filhos.

E continuando:

— Pátria não é natureza, não é o território. É o homem. Se o homem é pequeno, ela é insignificante; se o homem é grande, ela é grandiosa. A Grécia era um país pequenino, de solo pobre. No entanto, pela inteligência de sua gente, a Grécia governou a inteligência do mundo. Portugal, um dos menores países da Europa, aumentou o planeta, descobrindo terras novas.

E firmando as mãos sobre a mesa:

— O Brasil não é o volume das águas do Amazonas. Não é a Mantiqueira, com os seus picos coroados de nuvens. Nem os campos de Mato Grosso, verdes, intermináveis. Nem a cachoeira de Paulo Afonso, cheia de espuma e cheia de ruído. Nem a Guanabara. Nem o Corcovado. Nem o Pão de Açúcar. Nada disso é trabalho nosso.

— Então, que é o Brasil? — interrogou o Floriano gravemente.

— Que é o Brasil? Vou dizer.

Que é o Brasil

De pé, junto à mesa, olhos fixos no Floriano, o professor João Câncio prosseguiu:

– Pergunta você que é o Brasil? É tudo que temos feito em prol do progresso, da moral, da cultura, da liberdade e da fraternidade. O Brasil não é o solo, o mar, o céu que tanto cantamos. É a história, de que não fazemos caso nenhum.

O Brasil é obra de seus construtores, ou melhor, daqueles que o tiraram do nada selvagem e o fizeram terra civilizada.

É o trabalho dos jesuítas, de Nóbrega e de Anchieta, em plena floresta, transformando antropófagos em seres humanos.

O Brasil é a coragem dos defensores de seu solo. É Estácio de Sá, é Mem de Sá, é Araribóia, repelindo os franceses do Rio de Janeiro, é Jerônimo de Albuquerque expelindo os franceses do Maranhão. São os patriotas de Pernambuco, arrasando o domínio holandês do Norte. São os cariocas lutando com Duclerc e Duguay-Trouin.

O Brasil é a obra dos bandeirantes: Antônio Raposo, Fernão Dias Pais Leme, Borba Gato, Bartolomeu Bueno, desbravando sertões à procura de ouro e pedras preciosas.

O Brasil é o esforço da sua gente para tirar da terra os bens que a terra dá a quem trabalha. É a cana-de-açúcar, que, já no século do descobrimento, era uma das maiores riquezas do país. É o esplendor das minas de ouro do século XVIII, que deixaram o mundo embasbacado.

É o café que engrandeceu São Paulo, Rio de Janeiro, Minas, Espírito Santo e que atualmente é a nossa maior riqueza. É o algodão, a riqueza do Nordeste; o cacau, a riqueza da Bahia, e a borracha, a riqueza da Amazônia.

O Brasil é sua indústria pastoril. É a atividade dos paulistas e dos baianos, espalhando boiadas pelo território nacional desde os primeiros dias da nossa história.

O Brasil é a trabalho obscuro dos negros nos campos de criação e de lavoura, nas minas, nos trapiches e nas fábricas.

– Pátria brasileira, meus meninos – continuou ardentemente –, é tudo que se fez para que tivéssemos liberdade. É a Inconfidência Mineira, com Tiradentes morrendo na forca. É o martírio de Domingos José Martins e do padre Roma, na revolução de 1817. É o tra-balho de José Bonifácio e de Joaquim Ledo, na Independência. É o sacrifício de Frei Caneca e do padre Mororó, na Confederação do Equador. É o verbo de Patrocínio e Nabuco, na Abolição. É Silva Jardim, Benjamim Constant e Deodoro, realizando a República.

Pátria brasileira é a obra dos patriotas da Regência. É a energia do padre Feijó, sufocando a desordem; é a espada de Caxias, impedindo que o país se desunisse.

O Brasil é a glória de seus grandes filhos. É o gênio inventivo de Bartolomeu de Gusmão produzindo a Passarola.

Em vez de exaltarmos os céus azuis, as montanhas verdes, os rios imensos, exaltemos os homens que realizaram as obras em favor da nossa indústria e do nosso comércio. Exaltemos Mauá e Mariano Procópio, que construíram as nossas primeiras estradas de ferro; Barbacena, que fez navegar, nos nossos rios, o primeiro barco a vapor.

O Brasil são os seus grandes vultos nas ciências, nas letras e nas artes. É Teixeira de Freitas. É Rui Barbosa. É Varnhagen. É a veia poética de Gonçalves Dias e de Castro Alves. O pincel de Pedro Américo e de Vítor Meireles. A inspiração musical de Carlos Gomes.

Num país, a beleza da paisagem, o fulgor do céu, a extensão dos rios, as próprias minas de ouro, são quase nada ao lado da inteligência, da energia, do trabalho, das virtudes morais de seus filhos.

E, com a voz inflamada pelo entusiasmo, concluiu:

– É essa energia, esse trabalho, essa inteligência, essas virtudes morais que a nossa bandeira representa.

O Veloso

O Veloso era o aluno mais atrasado da classe.

Lia mal e escrevia pior. Quando o chamavam ao quadro-negro, para os exercícios de aritmética, não acertava um cálculo. Nas lições de ciências naturais, de gramática, geografia e história, tirava notas inferiores às notas de aritmética.

Os professores ralhavam-no constantemente.

Um dia João Câncio perdeu a paciência.

– Meu filho – disse em plena aula –, você tem tudo para ser bom estudante. É inteligente e não é insubordinado. Se não dá boas lições é porque não quer. Os seus companheiros aplicam-se, estudam. Por que não faz você a mesma coisa? O sapato que o menino calça, a roupa que veste, os livros, os lápis, os cadernos que compra, representam um imenso sacrifício para seu pai. E lembre-se de que seu pai é pobre.

O Veloso rompeu a chorar.

O professor, com a voz mansa, observou:

– Não é com lágrimas que poderá reparar o mal. É estudando como os seus colegas.

– Mas eles podem estudar e eu não posso.

– Por que não?

– Porque sou pobre.

– Mas o estudo não é privilégio dos ricos. O pobre, quando tem vontade, estuda também.

– Isso quando lhe sobra tempo – retrucou o Veloso, afogueadamente. – Duvido que alguém possa estudar tendo as minhas ocupações!

– Quais são as suas ocupações? – perguntou João Câncio.

– À tarde, quando chego em casa, vou ajudar minha mãe na cozinha. Quem lava os pratos sou eu. Eu é que lavo as panelas.

– E à noite?

– À noite, depois do jantar, tiro a mesa, lavo as panelas e os pratos, adormeço meu irmãozinho e depois vou dormir.

– E pela manhã?
– Logo que acordo, tenho que fazer as compras para o almoço.
– É só isso?
– É.
O professor sorriu.
– Você, meu garoto, não sabe o que são dificuldades de um menino pobre. A vida que você julga penosa é uma vida risonha ao lado da vida aflita de tantos outros estudantes. Quem assim lhe fala é quem conhece o mundo, quem sofreu, quem comeu o pão que o diabo amassou no inferno.

E erguendo a voz:
– Não há pobreza que impeça um menino de estudar, quando esse menino tem força de vontade. Posso falar assim porque, pequenino, perdi pai, perdi mãe e mais de uma vez não tive casa para morar. E, no entanto, estudei. A vontade, a energia, a tenacidade e o brio vencem tudo.

Levantou-se da cadeira, ajeitou os óculos de míope e prosseguiu:
– Quando existe em nós a curiosidade de saber, quando existe realmente em nós o anseio pelas coisas altas e belas, não há lavagem de pratos ou panelas, não há nada que nos embarace. Encontra-se sempre um meio, encontra-se sempre uma horazinha para aprender uma lição, para adquirir um conhecimento.

E descendo do estrado, a caminhar para as nossas carteiras:
– O mundo está cheio de homens que, apesar de não terem meio de estudar, estudaram e foram grandes homens. Não precisamos buscar exemplos lá fora, nos países alheios. Temos muitos deles aqui mesmo, no Brasil. E eu quero narrar aquele que julgo o mais belo dos exemplos.

E lançando os olhos por toda a classe:
– Conhecem vocês a vida de Luís Gama, o grande propagandista da Abolição?
– Não – respondemos.
– Ouçam-na.
E contou.

A história de Luís Gama

Até os dez anos, Luís Gama era uma criança como as outras. A mãe trazia-o nos braços extremosamente; o pai parecia ter por ele um grande afeto.

Foi ao completar aquela idade que o destino lhe mudou brutalmente a vida, arrastando-o de súbito pelo mundo, como os temporais arrastam pelo mar os barcos sem vela e sem leme.

Ouçam a história.

Entre os pais de Luís Gama havia profundas diferenças.

A mãe era uma negra quitandeira. O pai, um fidalgo português.

Ela trabalhava. Ele, um estroina, jogava todo o dinheiro que lhe caía nas mãos.

O jogo, meus meninos, é realmente uma das maiores ruínas do mundo. O homem que joga acaba perdendo a própria dignidade.

O pai de Luís Gama viciou-se tanto no jogo que, para ter com que jogar, passou a cometer todas as baixezas.

Um dia, entrou ele, pela manhã, em casa da quitandeira.

Sentou o filho nas pernas, beijou-o, fez-lhe os carinhos do costume e, de repente, com a maior naturalidade, perguntou-lhe:

– Não queres ir com o papai, num barco, ver os navios que estão no porto?

O pequeno pulou de contente. Tinha uma vontade louca de andar no mar e uma vontade maior de entrar num navio.

– Quero! Quero! Vamos!

A mãe correu a lavá-lo e a vesti-lo.

Meia hora depois, a mãozinha segura à mão do pai, lá saiu Luís pelas ruas, pulando ingenuamente, alegremente, como um pássaro feliz.

Isto se passava na Bahia, no dia 10 de novembro de 1840.

No porto havia dois ou três navios. O Saraiva, um patacho que carregava escravos, estava ancorado no fundo da enseada.

– Queres ir àquele navio que está mais distante? – perguntou o pai ao filho, apontando-lhe o patacho.

– Quero!

Para quem sonhava com um passeio no mar, quanto mais longe estivessem os navios, mais encantador seria o passeio.

Um escaler levou-o ao Saraiva.

O garotinho é a vivacidade em corpo e alma. Quer ver tudo e tudo quer saber. Ao pôr os pés a bordo, percorre o barco de ponta a ponta, pegando, examinando, indagando miudeza por miudeza.

Mas, em certo momento, sente que o pai não está ao seu lado. Em vão procura-o aqui, ali. Corre à popa. Corre à proa. Corre depois à amurada e o vê, já distante, fugindo no escaler que os trouxera.

– Papai! – grita ele aflitamente.

– Vou a terra, filhinho, mas volto já – respondeu-lhe de longe o fidalgo.

Com aquela pouca idade, Luís sabia o pai que tinha. Num relance, compreendeu a cilada miserável em que caíra.

E, sufocado de lágrimas, brada numa grande explosão de revolta:

– Papai, o senhor me vendeu!

Parecia mentira, mas era verdade. Para ter cem ou duzentos mil réis com que pudesse jogar, o pai havia vendido o filho pequenino!

O negócio fora feito na véspera. Toda aquela história de passeio no mar tinha sido inventada para entregar a criança ao comandante do navio.

O resto do dia o pequeno não parou de chorar.

Atiraram-no depois para o convés, no meio dos escravos que iam ser vendidos no Rio de Janeiro.

À tarde, o barco saiu barra afora.

O pobrezinho, que só conhecia a doçura dos carinhos de mãe, tremeu diante do longo inferno que se desenrolou aos seus olhos.

Ao chegar ao Rio de Janeiro, levaram-no com os outros escravos para ser vendido no mercado.

O alferes Antônio Cardoso, negociante de negros em São Paulo, compra-o para revender. Mas Luís é tão pequeno que, em São Paulo, ninguém o quer.

O alferes deixa-o então em casa para os serviços de limpeza, de copa, lavagem e engomagem de roupa.

Não há, portanto, meus meninos, quem tenha, na vida, menos possibilidade de estudar e muito menos de conseguir um nome ilustre.

Mas a força de vontade é uma virtude tão poderosa que nem a própria desgraça consegue vencê-la.

Tinha Luís dezessete anos quando um menino rico chegou para morar em casa do alferes. Era Antônio Rodrigues Prado Júnior, que os pais mandavam a São Paulo para continuar os estudos.

O estudante e o escravo, em pouco tempo, se tornaram bons camaradas.

No quarto do estudante, o escravo recebeu as primeiras lições de leitura e de escrita. Foi rápido aquilo: em três ou quatro meses, o filho da quitandeira aprendeu o que os outros meninos aprendem em dois ou três anos.

Tempos depois, sente ele necessidade de vida menos caseira do que aquela. Foge de casa e vai ser soldado.

No quartel, a sua sorte é a mesma sorte áspera e penosa. Em seis anos, não consegue chegar senão a cabo de esquadra e, uma vez, é metido por muito tempo na enxovia por ter repelido o insulto de um superior.

Acontece que, certo dia, é escalado para ser ordenança do chefe de polícia, o conselheiro Francisco Maria de Sousa Furtado de Mendonça.

Quem vai olhar para um pobre ordenança? Mas há em Luís Gama uma tal distinção e uma tal dignidade no proceder, que o conselheiro se impressiona.

Fazem-se amigos. Furtado de Mendonça abre-lhe a biblioteca.

O antigo escravo vive de livro na mão. Não há um instante de folga que não o aproveite para estudar.

Não vai a parte alguma, não se diverte, não conhece os gozos do mundo. Vive, por alta noite, de toquinho de vela aceso, olhos nos livros, devorando-os, devorando-os.

Mais tarde, deixa a farda. Ora serve de escrivão na polícia, ora faz cópias para cartórios.

É a época mais dura da sua vida. Publica nos jornais os seus primeiros versos; defende réus no júri; faz discursos na rua, em favor da liberdade dos escravos.

Fala-se no seu nome por toda a cidade. A sua fama espalha-se pelo país. E, com tudo isso, ele, às vezes, não tem um pedaço de pão para comer.

Mas é preciso estudar mais do que nunca, para colocar-se à altura do nome que conquistou. E estuda incessantemente e trabalha como um louco.

E, estudando e trabalhando, conseguiu tudo que quis ser: poeta, jornalista, advogado, orador, o mais ardente e o mais sincero defensor da raça negra que houve no seu tempo.

E conseguiu tudo isso com uma grande ferida aberta no coração, ferida que a sorte nunca lhe permitiu que sarasse. É que, desde aquele dia infeliz em que o pai o atirou para o convés do navio negreiro, não teve mais notícias de sua mãe.

A vida inteira passou a pedir notícias dela e a procurá-la. E o destino cruel nunca mais consentiu que ele a visse. Às vezes, sonhava ouvindo-lhe a voz; delirava, outras vezes, vendo-a ao seu lado carinhosamente. Mas tudo sonho, sonho e nada mais.

O professor calou-se por um instante. Voltou-se depois para o Veloso e disse:

– A pobreza, as suas ocupações e as suas dificuldades, ao lado das dificuldades, das ocupações e da pobreza de Luís Gama, são gotas d'água comparadas com o mar. A sorte algemou Luís Gama de todas as maneiras. Deu-lhe aquele pai infame. Deu-lhe a extrema pobreza e a extrema humildade. Deu-lhe até a desgraça da escravidão. E, no entanto, Luís Gama quebrou todas essas algemas e estudou e cresceu e instruiu-se. Por quê? Porque teve força de vontade.

E de dedo apontado para o Veloso:

– Você não estuda porque não quer!

O leilão

As férias do fim do ano eu devia passá-las na vila, com meus pais. Mas como no colégio umas antigas febres palustres me atacassem novamente, tia Calu achou que naqueles dois meses de descanso eu devia tratar-me na cidade, onde não faltavam recursos médicos.

Levou-me para a sua casa e cuidou de mim com desvelo de mãe.

Aproveitei o tempo para passear com o Julinho e para visitar os meus companheiros de colégio.

As casas que eu mais frequentei foram a do Fagundes e a do Henriquinho, o Espalha-brasas.

O Henriquinho morava à Rua Vinte e Oito de Julho, numa velha casa de quatro janelas. Perto, ficava a igreja das Mercês.

Foi na última semana das férias que, nas Mercês, se festejou... já não me lembro que santo.

No domingo, houve procissão, banda de música, foguete, leilão e fogos de vista.

Para os meninos da minha idade, nem sempre o domingo das festividades religiosas era o melhor dia. Preferíamos a segunda-feira, a que se dava o nome de "lava-pratos".

O "lava-pratos" é um sobejo de festa que não interessa a ninguém. À noite, fica o largo da igreja quase vazio; o leiloeiro berra o resto das prendas que não vendeu na véspera e a banda de música mói e remói valsas e mazurcas, sonolentamente.

Mas, para a pequenada de calças curtas, não há noite melhor: pode-se correr à vontade no largo e até organizar brinquedos, como a "barra", o "batalhão", o de "esconder", sem que apareça algum soldado para impedi-los.

Durante a procissão, o Henriquinho combinou comigo uma

grande brincadeira no "lava-pratos" das Mercês. Jantaríamos juntos, na sua casa, e de lá iríamos para o largo.

No outro dia, às quatro da tarde, eu lhe entrava em casa.

No Espalha-brasas tudo era ardor, tudo era excesso.

Naquela idade já tinha namorada, a Pituca, uma menina assanhada, de covinhas no rosto, que morava na vizinhança.

Logo que cheguei, ele disse:

– Hoje, no largo, não conte comigo para brinquedo. Eu vou conversar com a Pituca.

– E você deixa de brincar para conversar com a Pituca?!

– É cá por uma coisa. O Pedroca, aquele pequeno do Colégio dos Coqueiros, está namorando a pequena. Eu vou para junto dela impedir que ele encoste.

– Olhe isso! Seu pai acaba descobrindo e dá-lhe uma sova!

– Qual nada!

Quinze ou vinte minutos depois, um fato inesperado perturbou a nossa alegria.

Os pais do Henriquinho estavam na sala de jantar. Numa ponta da mesa, dona Marocas, bordando, numa cadeira preguiçosa; junto do guarda-louças, o velho Amorim, lendo um romance.

Conversávamos assuntos de aulas, quando o Henriquinho soltou uma asneira qualquer sobre números primos.

O velho Amorim ergueu-se escandalizado. Pegou a lousa e pôs-se a examinar o filho.

Nas frações próprias ou impróprias o Henriquinho não disse nada. Disse disparates incríveis no máximo divisor comum. Fez uma embrulhada louca nas operações de decimais.

O pai bradou:

– Não sabes nada! És um vadio! Não estudas! Estou gastando o meu dinheiro à toa!

E concluiu terrivelmente:

– Não vais mais ao largo! Ficarás aqui, estudando! E não me pisas na rua durante a semana toda.

Ao escurecer, a banda de música começou a tocar nas Mercês.

Valsas, polcas, mazurcas e dobrados entravam-nos pelos ouvidos, como se nos estivessem a fazer pirraça.

Deviam ser sete da noite quando um pequeno bateu palmas no corredor. Vinha, a mando do pai, buscar o resto da continha do conserto do galinheiro.

– Quanto é?

– Três mil e seiscentos.

Dona Marocas foi lá dentro e voltou com uma nota de vinte mil réis. Não havia na casa nenhum dinheiro miúdo. Mas o pequeno não tinha troco.

Mandar à rua um garotinho daqueles trocar uma nota era perigoso.

– Henriquinho – disse o velho Amorim. – Vai trocar este dinheiro ali na esquina.

Saímos juntos. No armazém da esquina não havia troco.

– Que bom! – exclamou o Espalha-brasas. – Só assim a gente vai às Mercês, porque só no armazém depois da igreja poderá haver troco.

E seguimos. Entramos no largo. O que havia em derredor do coreto do leilão era simplesmente desnorteador: um bando estouvado de meninas de dez a doze anos e, no meio delas, a Pituca.

O leiloeiro mostrava uma toalha de rendas, apregoando:

– Eis uma toalha mimosa, de renda e cambraia, digna destas meninas! Dois mil réis! Dois mil réis! Dois mil réis! Não haverá, entre tantos cavalheiros, um que tenha a coragem de arrematar esta prenda e oferecê-la a uma destas mocinhas?

Pobre do Espalha-brasas! Não sabia dominar-se. Quando lhe segurei o braço, já ele gritava:

– Três mil réis!

A Pituca sorriu-lhe. Sorriram-lhe todas as meninotas. Mas, nesse momento, uma voz bradou:

– Três mil e quinhentos!

Era o Pedroca que falava.

O leiloeiro alegrou-se. Estava travado o duelo.

– Quatro mil réis! – gritou o Henriquinho.

– Cinco! – atalhou o Pedroca.
– Seis.
– Sete!
O leiloeiro atiçava:
– Vamos ver quem tem garrafas vazias para vender! Vamos ver qual é o corajoso!

Segurei o Espalha-brasas pelo casaquinho. Ele me deu um safanão e avançou até perto da Pituca.
– Dez!
– Onze!
– Doze!
Eu tremia. Que ia ser do Henriquinho?

– Você está doido? – consegui dizer-lhe, em voz baixa.

Não me ouviu. A criatura, que não sabia refletir e não sabia conter-se, tinha perdido inteiramente a cabeça.

– Dezessete!

– Dezoito!

– Dezenove!

– Vinte!

O Pedroca calou-se. O leiloeiro repetiu o lance cinco, dez, doze vezes.

– Não vê que eu sou bobo! Ele que aguente com a carga.

– Dou-lhe uma, dou-lhe duas, dou-lhe três! – concluiu o leiloeiro.

O Espalha-brasas meteu espetaculosamente a mão no bolso, tirou a nota, recebeu a toalha da mão do leiloeiro e, num grande rasgo de gentileza, ofereceu-a à Pituca.

As meninas deram-lhe uma salva de palmas:

– Bravos! Bravos! Bravos!

– Achatei o Pedroca! – exclamou ele, ao meu lado, comovido.

Segurei-lhe o braço.

– E como vai ser agora? – interroguei.

– Como vai ser o quê? – perguntou, ainda vermelho, afogueado pela emoção.

– O dinheiro que você trouxe para trocar.

Henriquinho empalideceu:

– Ah! é verdade! – exclamou com ar grave, como se apenas naquele momento tivesse percebido o seu erro.

Encarou-me e disse tristemente, com as mãos nos bolsos:

– Seu Cazuza, estou aqui, estou apanhando uma tunda, e das boas!

A velha Cecé

Dona Marocas esperava inquietamente o filho no corredor.
– Que demora foi essa, Henriquinho?
De voz trêmula e chorosa, ele soltou a mentira:
– Perdi o dinheiro, mamãe.
Tive a impressão de que o mundo vinha abaixo. Dona Marocas berrou imediatamente pelo marido. O velho Amorim correu lá de dentro e, ao saber do desastre, encheu a casa com o barulho do seu vozeirão. As crianças, que já estavam deitadas, acordaram e abriram num alarido infernal.
– Cabeça de vento!
– Maluco!
– Relaxado!
Encolhido à parede, o Henriquinho tremia.
– Botei o dinheiro aqui no bolso e, quando procurei, não estava – repetia medrosamente.
O velho Amorim teve receio de perder a cabeça.
– Sai! Sai da minha frente, que eu te esgano! Vai, vai para o teu quarto!
E, ralhando e ameaçando, sentou-se na cadeira preguiçosa, ao lado do guarda-louças. Dona Marocas foi tomar ar numa das janelas da rua.
Acompanhei o meu amigo na sua infelicidade. Sentei-me ao seu lado, no quarto, e não lhe disse palavra sobre o caso.
Ele é que me falou dez minutos depois, quando acabou de chorar.
– Está vendo, Cazuza? Acontece cada uma à gente!
– Mas onde estava você com a cabeça?
– Eu sei lá!
E depois de um pequeno silêncio:
– Você viu o papel feio que fez o Pedroca? Recuou, fugiu. Deve estar envergonhado do papelão que representou. Não lhe parece que a esta hora ele merece muito pouco para a Pituca?

Nesse momento silenciamos para ouvir a conversa que nos chegava aos ouvidos. Era a velha Cecé, que, na rua, junto à janela, dava dois dedinhos de prosa com dona Marocas.

Entreolhamo-nos assustados. A velha fazia medo a toda a gente. Vivia nas igrejas, falava pelos cotovelos e sabia tudo que se passava na cidade.

– Ela estava no largo? – perguntou-me baixinho o Espalha-brasas.
– Não vi.

A velha Cecé começou a bater a língua. O Maranhão de hoje não era mais o Maranhão de seus tempos, dizia. As festas de igreja, atualmente, já não tinham a concorrência das festas de outrora. Quase ninguém acompanhava as procissões, quase ninguém ia às missas e às ladainhas.

– Muita gente na igreja? – indagou a mãe do Henriquinho.
– Pouquinha – respondeu a velha.

E com a voz aveludada, a voz de quem elogia:
– Quem fez um bonito foi o seu filho.
– Meu filho?!
– Sim. O Henriquinho. Gostei de ver. Deu a nota no leilão. Todo mundo o elogiou.
– Que fez ele?
– Arrematou uma toalha de rendas por vinte mil réis.
– Como? Que é que a senhora está dizendo?

E dona Marocas voltou-se para dentro, gritando:
– Amorim, dê um pulo aqui, venha ouvir uma história.

O Espalha-brasas tinha os olhos esgazeados. Minhas mãos tremiam, como se o culpado fosse eu.

O velho Amorim atendeu prontamente ao chamado da mulher. A velha contou minúcia por minúcia. Tinha assistido a tudo e não se esquecia de nada.

Quando os pais de Henriquinho entraram no quarto, eu escapuli pelo corredor e disparei porta fora. E, da rua, ouvi tudo.

Ouvi a voz estridente de dona Marocas.

Ouvi o vozeirão assustador do velho Amorim.

E ouvi a gritaria aflita do Espalha-brasas, a cada bordoada que o pai lhe dava.

O Pantaleão

As férias terminaram em meado de fevereiro.

Uma semana antes, os alunos que tinham ido às cidades ou vilas do interior, visitar os pais, começaram a chegar ao colégio.

As matrículas novas subiram espantosamente: mais de trinta internos; mais de oitenta externos.

As aulas reabriram-se no dia 17, com um burburinho alegre de meninos.

Deviam ser nove horas da manhã quando a sineta ressoou no salão do curso primário. O diretor entrou gravemente.

No Timbira não se fazia nada sem sineta, sem solenidade e sem discurso.

O velho Lobato, cercado de professores, pediu silêncio.

– Estão iniciados os trabalhos escolares deste ano! – disse majestosamente.

E, em seguida, passou a discursar. Começou dando-nos as boas-vindas. O seu coração estava contente por voltar ao contato dos seus queridos alunos. Havia trinta anos que a sua maior satisfação era viver na intimidade da juventude. A juventude estudiosa era a sua família. Em cada estudante via um pedaço de sua alma, via um filho em cada aluno.

Comparou o colégio a uma grande árvore cheia de ninhos. Ali os pássaros pequeninos se emplumavam para voar. Todos os anos, centenas deles, já preparados para a vida, abandonavam os galhos e abriam as asas pelo céu. A árvore ficava triste, mas tinha o consolo de ver que outros pássaros procuravam os seus galhos.

Depois falou diretamente à minha classe, que, naquele ano, devia terminar o curso primário.

Desde muitos anos, havia no Timbira a medalha de ouro –

prêmio de honra – para o estudante mais aplicado do curso. Aplicação não era privilégio de ninguém, mas sim virtude de quem tinha força de vontade. E força de vontade qualquer pessoa podia adquirir, desde que quisesse.

E concluiu dizendo sentir-se contente se um por um dos meninos da classe terminal disputasse a medalha de ouro.

Durante o resto do mês, alunos antigos e novos continuaram a chegar ao colégio.

Dos novos, o que me ficou mais vivo na memória foi o Pantaleão.

Era quase um homem: voz grossa, mãos grandes, pés enormes

e buço de rapaz. O tamanho, a voz, o ar espantadiço, causaram sensação na minha classe e nas classes menores. E, para aumentar a sensação, trazia ele a fama de ter cursado vários colégios sem aproveitar quase nada.

Realmente nunca vi cabeça mais dura. Aquilo que um de nós aprendia em minutos, levava ele uma semana para aprender.

Vivia dia e noite agarrado aos livros, estudando, estudando, numa impaciência que fazia dó.

Enquanto nós outros brincávamos, andava o desgraçado nos corredores e nas salas, repetindo baixinho as lições, para ver se as metia na memória.

Íamos frequentemente encontrá-lo de cotovelos na mesa, olhos fixos nos livros, mãos nos cabelos, triste, desanimado por não ter compreendido o que lera.

Zombávamos dos disparates que ele dizia, da cara angustiosa que mostrava quando não entendia as explicações do professor.

Um dia, um fato inesperado fez cessar as troças.

Lembro-me bem de como ele se passou.

O diretor, que, naquela manhã, nos dava aula de aritmética, chamou o Pantaleão ao quadro-negro.

Ele se ergueu. Nesse momento, toda a classe rebentou numa gargalhada. O Pantaleão tinha um papel branco pregado às costas e, no papel, em letras de tamanho de um dedo, a palavra "Burro".

– Quem fez isto? – perguntou o velho Lobato severamente.

– Eu não fui! – respondemos todos a um só tempo.

O diretor voltou-se para o Fagundes.

– Não foi você?

O Fagundes ergueu-se:

– Dou-lhe a minha palavra de honra que não!

Exclamou com tanta sinceridade que nós todos estremecemos.

O velho ficou um instante silencioso.

– Não devo castigar toda uma classe pela culpa de um só aluno – disse depois. – Alguém deve ter sido e a verdade é que esse alguém praticou dois erros. Um, este de negar a falta cometida, escondendo-

-se atrás da classe. O outro, o de zombar das dificuldades que um seu colega tem de aprender. Ambos os erros são feíssimos.

E dando à voz um tom de quem aconselha:

– Ninguém, por ser inteligente, deve escarnecer daquele que não o é. Inteligência, meus meninos, não é virtude individual, porque virtude individual só é aquilo que nós conseguimos com o nosso próprio esforço. Inteligência é dom que Deus dá, e, para o dom que Deus dá, não concorremos com coisa alguma. Não somos inteligentes porque queremos, mas sim porque nascemos inteligentes.

E continuando no mesmo tom:

– Virtude individual é o trabalho empregado para cultivar a inteligência, o esforço que fazemos para engrandecê-la. Um estudante inteligente que não ama os livros vale infinitamente menos do que um estudante não inteligente que não faz outra coisa senão estudar. Aplicação nos estudos é que é a grande virtude. E aplicação nos estudos, vocês são testemunhas, não pode haver maior que a do Pantaleão.

E, de pé, a voz emocionada:

– Meus meninos, o Pantaleão não pode ser zombado, pois cumpre o seu dever de estudante. Eu os convido a respeitá-lo.

A obra dos brasileiros

Naquela manhã, quando entramos na sala para fazer a composição, o professor João Câncio já estava à nossa espera.

E, logo que nos viu sentados, encaminhou-se para o quadro-negro e escreveu: "A natureza do Brasil."

– É um tema encantador – disse. – Vocês têm meia hora para desenvolvê-lo. Previno-os, como das outras vezes, de que não quero palavras. Quero ideias.

Entusiasmei-me pelo assunto e fiz toda a minha prova tocado por esse entusiasmo. Comecei gabando a riqueza e a formosura da terra brasileira. Não havia no mundo solo mais fértil, nem fertilidade mais abundante.

No Brasil tudo era suave, belo, grandioso e opulento.

Não existiam florestas mais ricas do que as nossas. Nem campos mais fartos. Nem vales mais risonhos.

Um paraíso. O clima doce e amável. As manhãs cor-de-rosa. Os luares de arminho.

Não se encontrava no planeta região mais generosa. Ouro, prata e pedras preciosas, nenhum povo possuía mais do que nós. As árvores alheias não davam frutos tão saborosos como as nossas. Os pássaros de outros países não tinham plumas tão lindas nem tão lindos cantos como os nossos pássaros.

Não podia haver natureza mais brilhante e mais benévola do que a natureza do Brasil.

E terminei os louvores com a quadra célebre de Gonçalves Dias:

Nosso céu tem mais estrelas,
Nossas várzeas têm mais flores,

Nossos bosques têm mais vida,
Nossa vida mais amores.

O professor João Câncio não costumava dar as notas imediatamente. Tinha horror aos serviços apressados. O que saía de suas mãos, saía perfeito.

Era no silêncio do seu quarto apinhado de livros que ele corrigia as provas.

A tarde inteira andei ansioso para saber a minha nota. Meteu-se-me na cabeça que o meu trabalho estava excelente.

À noite, em companhia do Bicho Brabo, pus-me a rondar a porta do professor.

Deviam ser nove horas, quando ele veio sentar-se no avarandado do pátio, para fumar o seu cachimbo.

– A minha prova está muito ruim? – perguntei-lhe.

– Está igual às outras, palavrosa. Quando lhes dei o tema "A bandeira nacional", todos erraram a verdadeira noção da pátria louvando a grandeza territorial do país em vez de louvar a grandeza moral e o esforço da gente. Peço-lhes agora alguma coisa sobre a natureza do Brasil e todos se atiram a gabar desabridamente aquela natureza.

Tirou duas ou três fumaças e prosseguiu:

– A culpa não é de vocês, é de quem lhes ensina noções falsas. Para muita gente, patriotismo é elogiar as nossas coisas mesmo quando elas não merecem elogios. É um erro. O verdadeiro patriotismo é aquele que reconhece as coisas ruins do seu país e trabalha para melhorá-las.

Vinha do mar o vento fresco da noite. Ele se recostou melhor na cadeira.

– Vivemos a afirmar que a nossa natureza é a mais bela e a mais benigna do mundo:

Nosso céu tem mais estrelas,
Nossas várzeas têm mais flores.

Não é verdade. Há, na terra, céus muito mais bonitos do que

o nosso e várzeas muito mais floridas. A natureza brasileira não é nenhuma perfeição de doçura e amenidade. Muitas das nossas regiões são ásperas e penosas. No extremo Norte, o excesso de água dos afluentes do Amazonas torna um suplício a vida do homem. No Nordeste, a falta de água, ou melhor, o flagelo das secas, torna a vida do homem um verdadeiro inferno.

Acendeu o cachimbo que se apagara e continuou:

– Somos um país entre o equador e o trópico, e os países colocados nessa porção da Terra nunca têm vida fácil e risonha. Só o sul do Brasil está colocado na zona temperada. Pode-se dizer que só no sul do Brasil o homem pode viver suavemente.

Parou alguns segundos e prosseguiu:

– Insiste-se em dizer por aí que o nosso país é riquíssimo. É um engano. Não temos ferro, não temos petróleo, não temos outros minerais que são a riqueza real do mundo. Afirma-se que tudo isso existe no nosso solo. É possível que exista. Mas a verdadeira riqueza só é aquela que está nas mãos do homem. Somos um país pobre, um povo pobre.

O Bicho Brabo coçava tristemente a cabeça. Meus olhos brilhavam cheios de surpresa. Nunca tínhamos ouvido dizer coisas daquelas.

O professor percebeu o nosso espanto e afirmou:

– É necessário que vocês, desde pequeninos, saibam disso, para que, desde pequeninos, pensem em engrandecer o Brasil.

– Então não há glória nenhuma em ser brasileiro? – arrisquei.

João Câncio ergueu-se repentinamente da cadeira, como impelido por molas invisíveis.

– Não há? Por que não? Justamente porque a terra não é a mais doce, nem a mais generosa, nem a mais rica, é que é maior o valor da nossa gente. Diz-se por aí que no Brasil tudo é grande e só o homem é pequeno. Está errado. No Brasil não há nada maior do que o homem. Devemos ter orgulho de ser brasileiros.

E levando-nos até a sala de estudos:

– Devemos ter orgulho de ser brasileiros, porque a obra que estamos realizando no mundo é obra que ninguém realizou.

Aproximou-se do mapa-múndi e apontou:

– O Brasil está aqui. Fica, como vocês estão vendo, entre o equador e o trópico de Capricórnio. Entre o trópico e o equador não houve, até hoje, na história, povo nenhum que fosse um grande povo, povo nenhum que pudesse realizar uma grande civilização. É a própria natureza, o próprio clima que o impedem. No entanto, nós, os brasileiros, com quatro séculos apenas, já temos um maravilhoso começo de civilização. Pode-se dizer que ontem saímos do estado selvagem e já hoje fazemos parte dos povos civilizados.

E pousando a mão no meu ombro:

– Tenhamos orgulho de ser brasileiros. Se em quatrocentos anos já somos o que somos e já realizamos o milagre que aí está (porque o que aí está é um milagre), que não será de nós amanhã, quando completarmos a nossa cultura?!

O burro

Todos os anos, no dia de Corpus Christi, o colégio formava para assistir à missa das nove e meia, na Catedral.

À frente, iam os alunos do curso secundário, alguns deles já rapazes. Atrás, a meninada do curso primário, numa escala decrescente de classes.

Do colégio à Catedral eram pouco mais de trezentos metros. Mas aquele passeio, em ordem militar e em tom de marcha, produzia-nos a alegria de uma grande caminhada festiva.

Naquele ano, a não ser o diretor (que sempre estava ao nosso lado nos dias de formatura), João Câncio foi o único professor que nos acompanhou à igreja.

De pernas muito compridas e andar desengonçado, dava a impressão exata de um macaco.

Com aquele andar esquisito, qualquer outro professor provocaria, em nós, um verdadeiro ataque de gargalhadas.

Mas João Câncio apenas nos fazia sorrir. No fundo, nenhum de nós o tinha como professor. O bem que lhe queríamos era um bem de companheiro e de irmão.

– O professor está marchando tão feio e tão desajeitado! – disse-lhe o Henriquinho, gracejando.

– Pensa que não sei disso? – respondeu ele, pilhericamente.

A missa terminou pouco depois das onze horas.

Ao entrarmos na avenida que nos levava ao colégio, paramos alguns passos adiante.

Uma carroça, carregada de fardos, tomava-nos o caminho. O burro que a puxava, extenuado pelo peso da carga, havia caído nas pedras, arfando.

Ao lado, o carroceiro o espancava cruelmente, berrando a cada chicotada:

– Levanta! Levanta!

João Câncio avançou até junto da carroça.

– Não espanque o animal! – disse energicamente ao carroceiro.

– Como não hei de espancar se ele não quer erguer-se do chão?

– Não quer, não; não pode! É o peso da carga.

– Qual carga, qual nada! Todos os dias aguenta o dobro. O que ele tem é manha!

E descarregou sobre o bicho uma nova chicotada.

– Levanta!

O professor segurou-lhe o braço:

– Não lhe dê mais bordoada!

O carroceiro livrou-se com um safanão, bradando atrevidamente:

– Que é que o senhor tem com isso? O burro custou o meu dinheiro! Posso fazer dele o que quiser! Posso espancá-lo à minha vontade!

– Isso é que não pode! – replicou João Câncio.

– Como não posso, se ele é meu? O meu dinheiro então não vale nada?

– Acima do seu dinheiro está a piedade humana. E isso que o senhor está fazendo é uma impiedade.

– No que é meu essa tal piedade humana não manda nada. Na minha propriedade eu faço o que quero!

– Isso é o que o senhor pensa!

– Sou dono do burro e dou no burro quantas vezes entender.

E ergueu o chicote. Mas o golpe não chegou a alcançar o animal. João Câncio havia-lhe arrancado o chicote das mãos.

O carroceiro ficou sem uma pinga de sangue, surpreso, boquiaberto.

Nesse momento, um soldado de polícia veio-se aproximando.

– Este homem está ferindo princípios de humanidade – disse o professor. – Tome conta dele.

Continuamos a marcha para o colégio.

No dia seguinte, à hora da aula, o professor João Câncio nos disse:

– O carroceiro, quando ontem discutia comigo, afirmava ter o direito de castigar o burro à sua vontade, porque o animal lhe pertencia. Muita gente pensa assim. Muita gente imagina que pode fazer o que quer daquilo que lhe pertence. É um engano.

E continuando:

– Ninguém tem liberdade de fazer o que quer sem freio e sem ordem. A liberdade tem limites. A liberdade de cada indivíduo acaba onde começa a liberdade alheia. Eu não posso botar uma corneta na boca e soprá-la fora de horas, quando a população está dormindo. Assim eu iria perturbar o direito de dormir dos meus semelhantes. Eu sou dono de uma casa, mas não posso tocar fogo na casa, porque o fogo vai prejudicar os vizinhos.

E depois de ajeitar os óculos:

– O direito de propriedade é um direito sagrado. Mas, como todo direito, está dentro do círculo da moral. Ora, a moral ensina que se deve ter piedade. A piedade é, portanto, um princípio moral. Logo, quando uma pessoa, no gozo do seu direito de propriedade, fere as regras de piedade, não está exercendo um direito, está abusando dele. Martirizando o burro, o carroceiro estava a praticar uma falta. Era, portanto, merecedor de censura. Meus meninos – disse aproximando-se de nós –, protestem todas as vezes que virem alguém castigando um animal. E protestem com toda a energia quando o animal castigado for um burro. O Brasil tem o dever de ser agradecido ao burro.

A classe inteira sorriu.

– Não sorriam! – insistiu João Câncio. – O burro tem sido um grande auxiliar da nossa civilização. Desde o século do descobrimento que ele nos presta serviços. As bandeiras, muitas delas, fizeram-se no lombo do burro. No lombo do burro temos conduzido o progresso para os nossos sertões longínquos. As estradas de ferro são de ontem e ainda são poucas. E o arado que está lá nos confins de Goiás, os livros que educam as crianças de Mato Grosso, a máquina que beneficia o algodão das afastadas paragens do Ceará, Piauí, Pernambuco, Bahia etc., tudo isso lá chegou no costado do burro.

E cheio de entusiasmo:

– O Brasil deve ter pelo burro imensa gratidão!

O empate

Desde o começo do ano que na minha classe só se falava na conquista da medalha de ouro.

A primeira prova escrita realizou-se em abril. Vinte e dois estudantes mostraram-se habilitados ao prêmio.

Em julho fez-se a segunda prova, essa mais rigorosa do que a primeira. O número dos habilitados desceu a doze.

A terceira prova, considerada eliminatória, concluiu-se no fim de outubro. Só três alunos alcançaram o direito de concorrer à medalha: o Floriano, em primeiro lugar; o Jaime, em segundo, e o Fagundes, em terceiro.

O Fagundes andava nervosíssimo.

– Viu o meu caiporismo? – perguntou-me ao saber o resultado da prova.

– Que caiporismo?

– O de ter tirado o terceiro lugar.

– Você alcança um direito que nós outros não alcançamos e ainda se julga infeliz!

– Você imagina que seja felicidade competir com o Floriano em alguma coisa? A colocação que eu tive só me vem fazer água na boca. Vou estudar e estudar fortemente porque essa é a minha obrigação, mas tenho a certeza de que não consigo vencer.

E não foi mais ao recreio. E não brincou mais.

Uma semana depois, estava magro, de olhos fundos.

Os exames começariam a primeiro de dezembro.

Oito dias antes, o Floriano, descendo a escada do pátio do recreio, pisou em falso num degrau e tombou pesadamente no chão, quebrando o braço esquerdo.

Foi um rebuliço no colégio. Correu-se a chamar o médico. O menino foi levado para casa, de carro, pelo próprio diretor.

No dia seguinte, João Câncio disse-nos em aula, comentando o desastre:

– O pior de tudo é que o Floriano não poderá concorrer à medalha de ouro.

– Por quê? – perguntou sofregamente o Fagundes.

– Porque, durante duas semanas, pelo menos, terá que ficar de cama. E os exames se realizarão durante esse tempo.

À tarde, Fagundes interrogava-me agitado.

– Você acredita que a sorte, desta vez, me queira ajudar?

– Que pergunta é esta?

Ele coçou a cabeça.

– Eu quero um grande bem ao Floriano. Pelo meu gosto, hoje mesmo ele ficaria bom. Mas, se é verdade que ele não pode concorrer à medalha, não lhe parece que é a sorte que me está ajudando?

– Olhe que você tem o Jaime pela proa!

– Esse não me mete medo. Tenho estudado tanto que só o Floriano me poderá vencer.

Durante a semana ouviu-se no colégio um zum-zum atordoante de boatos. Ora a notícia de que tal ou qual professor garantira a medalha de ouro ao Jaime, ora que o pai do Jaime conversara com o diretor, pedindo-lhe a medalha para o filho.

O Fagundes acreditava em tudo. Parecia uma pilha elétrica.

– Se esta gente não proceder com lisura, eu juro a vocês que farei uma estralada tão grande que nunca mais haverá injustiça em escola nenhuma.

Dentro de qualquer mentira há sempre uma dose de verdade. O que não se podia negar é que a maioria dos professores, acostumados a lisonjear o menino mais rico do colégio, não pensavam em dar o prêmio senão ao Jaime.

O dia primeiro de dezembro caiu numa terça-feira.

Às cinco da manhã, a meninada já estava de pé, para o banho.

Às oito e meia, internos e externos ferviam no grande salão da ala esquerda, à espera de que começassem as provas.

O Fagundes, ao meu lado, apertou-me o braço:
– Veja como as minhas mãos estão geladas.
– Calma, Fagundes.
O Bicho Brabo entrou assarapantadamente no salão, com uma novidade brilhando nos olhos.
– Sabem? O Floriano está aí.
– Não diga! – exclamou o Fagundes, sem uma pinga de sangue.
– Palavra! Chegou agora mesmo.
Pela vasta porta envidraçada que dava para o corredor, o Floriano vinha entrando. Trazia o braço na tipoia. A mãe amparava-o.
Durante quatro ou cinco segundos, a sala ficou pasmada e silenciosa. Os professores entreolharam-se contrariados. O Jaime empalideceu.
– Que foi isso? – disse o diretor, erguendo-se e encaminhando-se para a porta.
E com as mãos nos ombros do menino, a falar à mãe:
– Uma imprudência! Por que consentiu?
Ela se desculpou com um sorriso humilde.
– Ele quis vir. Insistiu, insistiu...
– Sinto-me bem. Não vai haver nada – repetiu o Floriano firmemente.
O Fagundes puxou-me pelo paletó.
– Estou perdido, Cazuza, estou perdido! Já viu no mundo caiporismo maior do que o meu?
Começaram os exames.
Logo na primeira prova escrita, o Fagundes, perturbado pelo nervoso, inabilitou-se à medalha de ouro.
Dois dias depois, o colégio se agitou num zum-zum de escândalo: tinha havido uma injustiça clamorosa no julgamento dos dois pretendentes à medalha.
O Jaime fizera provas boas, mas entrava pelos olhos de todos que as do seu competidor tinham sido infinitamente melhores.
Apesar disso, a mesa examinadora, quando voltou da sala secreta, em vez de trazer a vitória do Floriano, trouxe, por maioria de votos, o empate das notas dos candidatos.

Ao ser lida a decisão, o Henriquinho não se conteve e soltou um brado de protesto. A classe inteira resmungou.

A campainha tiniu longamente, exigindo silêncio.

Os professores puseram-se a cochichar, combinando medidas.

Depois de vários minutos, o velho Lobato, um tanto enfiado, ergueu-se para falar. Primeiro procurou mostrar que a decisão era justa. Depois, declarou que a mesa resolvera fazer o desempate das provas na festa do encerramento das aulas, no domingo que se seguia.

– O desempate vai ser feito diante do público, para que o público verifique a imparcialidade dos examinadores – disse concluindo.

Aquela resolução não nos satisfez.

Nós bem sabíamos o que era aquilo. A mesa contava com um fiasco do Floriano. Os professores conheciam a timidez do filho da engomadeira e o desembaraço do Jaime, acostumado às grandes reuniões e às grandes festas.

E esperavam que, diante da sala cheia de convidados, o Floriano metesse os pés pelas mãos ou ficasse mudo como um peixe.

O desempate

No domingo, antes de raiar o sol, o colégio acordou numa agitação festiva.

Deus, às vezes, prepara os dias de propósito para as festas infantis. A manhã que nasceu foi linda e clara, soprada por um ventinho brincalhão, que redemoinhava as folhas das árvores nas calçadas e arrancava os chapéus da cabeça da gente.

Muito cedo entrou a banda de música enchendo as salas de sons alegres. Começaram a chegar os alunos externos com as suas famílias. Foram chegando as famílias dos internos, os parentes, os amigos.

Às nove horas em ponto, a sineta tocou. Nós, os alunos que íamos receber os prêmios dos exames, marchamos para o salão de honra. O inspetor-chefe enfileirou-nos perto da grande mesa em que se iam sentar o diretor e os professores.

Lancei os olhos à direita e à esquerda. Meu primo Julinho, de longe, cumprimentou-me com a mão. A sala estava brilhante, cheinha, sem uma cadeira vazia, sem um lugar para uma cabeça de alfinete.

Ao lado da larga janela que dava para o pátio, havia uma cadeira de braços em que estava sentada dona Maria Eulália, mãe do Jaime.

Era uma senhora alta, clara, profundamente simpática, com brilhantes nas orelhas e nos dedos. Tinha a aparência das damas acostumadas às altas rodas, mas havia no seu sorriso e nas suas maneiras um ar de tanta simplicidade, que as suas maneiras e o seu sorriso não podiam ser senão de uma criatura bondosíssima.

Junto dela, o marido, um homem forte, olhos inteligentes, riso agradável.

O secretário do colégio, dois ou três professores, mais quatro ou seis pessoas, prestavam-lhes as homenagens que se costumam prestar aos poderosos.

Olhei para o lado oposto. Num cantinho, espremida entre titia Calu e a avó do Vilares, descobri a Idalina, a mãe do Floriano.

Era uma preta magrinha, de físico insignificante, com um vestido de alpaca escura, já velho. Tinha o tom de humildade das pessoas que sempre foram humildes. Estava encolhida na cadeira, acanhada, como que se sentindo mal naquele salão de luxo, entre senhoras ricas.

Deviam ser nove horas e dez minutos quando começou a solenidade.

O corpo de professores entrou na sala. O diretor, ao centro da grande mesa, discursou gabando o aproveitamento dos alunos durante o ano.

Passou-se à distribuição dos prêmios. O secretário fazia a chamada, o menino premiado aproximava-se da mesa, recebia um livro ou uma medalha de bronze ou prata, o diretor dava-lhe um abraço e a sala inteira aplaudia com uma salva de palmas.

Chegou o momento solene da festa, o da medalha de ouro.

O diretor ergueu-se para falar. Disse que a medalha de ouro, considerada o prêmio máximo, estava ainda sem dono porque os dois alunos que a disputaram haviam tido um empate de notas.

A direção da casa resolvera fazer o desempate naquele momento, não só para que o público conhecesse o adiantamento dos dois alunos mais distintos, como também para que o próprio público julgasse a quem devia ser dado o prêmio.

As provas compunham-se de duas partes. Na primeira, os examinadores interrogariam os dois concorrentes; na segunda, estes se interrogariam entre si.

O secretário pronunciou o nome do Jaime.

Uma faísca de curiosidade brilhou em todos os olhares. O menino caminhou para as duas cadeiras vazias que estavam à frente da mesa.

A assistência sorriu satisfeita. A fisionomia alegre do pequeno, a segurança dos seus passos, o sorriso saudável que trazia, encheram--no de simpatia.

O secretário bradou o nome do Floriano.

Por toda a sala houve um "oh" de decepção, abafado nas gargantas. Esperava-se um menino da beleza e do desembaraço do primeiro, e o que aparecia era uma criaturinha escura, franzina, mal vestida, com braço na tipoia.

Os exames começaram.

Em primeiro lugar, o Jaime.

As primeiras respostas impressionaram bem a sala. O velho Lobato, satisfeito, torcia risonhamente os bigodes.

Mas, à proporção que as perguntas se tornavam difíceis, o pequeno ia perdendo a vivacidade. Oito minutos mais tarde, havia uma nuvem de frieza na assistência.

Os examinadores mudaram de rumo. Agora não faziam senão perguntas facílimas. Se o menino errava, não lhe ouviam os erros; se acertava, rasgavam-se em elogios calorosos.

Em seguida, o Floriano.

No começo mal se lhe pôde ouvir a voz. Eram palavras gaguejadas, roucas, quase surdas.

Alguns professores (não houve aluno que não percebesse) quiseram aproveitar-se daquele primeiro momento de timidez para convencer o público da inferioridade do examinando. E crivaram-no de perguntas. Mas, de segundo a segundo, ele se foi acalmando e perdendo o acanhamento. A sua voz, pouco a pouco, tomou um tom de segurança e de autoridade.

Minutos depois, a má impressão da sala estava desmanchada. As respostas eram firmes, claras, certas.

A assistência percebeu que naquela figurinha franzina e humilde brilhava uma inteligência encantadora.

Não parecia um menino. Parecia um homem acostumado a raciocinar. Quando se lhe fazia a pergunta, não tinha, como acontece às crianças, pressa nenhuma em responder. Ficava um instante silencioso, a meditar, com a testa franzida por aquela ruga que era a minha admiração. E depois, com segurança de mestre, dava a resposta.

Passou-se à segunda parte das provas. O diretor ordenou que o Jaime interrogasse o Floriano.

Avivou-se a curiosidade da assistência.

O Jaime não tinha, agora, a calma dos primeiros momentos. As suas mãos tremiam, o seu rosto cada vez ficava mais pálido. Fez, no entanto, quinze ou vinte perguntas ao companheiro. Fê-las, porém, com a polidez do antagonista que conhece e respeita os méritos do competidor. O Floriano respondia a tudo delicadamente.

Sentia-se que aqueles dois meninos se queriam bem e se admiravam, apesar de o destino os ter atirado àquele duelo.

Dez minutos mais tarde, o Floriano passava a interrogar. O salão percebeu que a luta era desigual e que o Jaime não tinha forças para levá-la ao fim.

E o que se viu foi um rasgo de cavalheirismo que impressionou a todo mundo. O Floriano não só baixou o nível das perguntas, como, a cada uma delas, guiava jeitosamente o adversário para as respostas.

Às onze e meia horas as provas tinham terminado.

Os examinadores recolheram-se à sala secreta para fazer o julgamento.

Ficamos todos tranquilos. O Floriano já recebia abraços. Diante do que se passara, a vitória seria sua, inevitavelmente.

As senhoras que estavam sentadas nas vizinhanças da Idalina davam-lhe parabéns, elogiando a inteligência e a aplicação do filho.

As duas mães

A sineta retiniu. Era a mesa examinadora que voltava da sala secreta.

Um silêncio ansioso dominou o salão.

O diretor levantou-se e falou.

Começou elogiando o Floriano e o Jaime. Durante trinta anos a sua vida fora educar meninos, mas raramente pelos seus olhos passaram dois alunos tão inteligentes e tão aplicados como aqueles que, agora, disputavam o prêmio máximo.

Se no colégio houvesse duas medalhas de ouro, cada um deles teria a sua, porque ambos eram merecedores do grande prêmio. Mas, sendo uma só medalha, a mesa se sentiu profundamente embaraçada para saber a qual dos dois ela deveria caber.

E fez uma pausa. Tossiu, limpou o bigode e recomeçou:

– Meus senhores, não há nada mais difícil para um professor do que um julgamento de provas. Muitas vezes um aluno distintíssimo faz mau exame e um aluno mal preparado brilha maravilhosamente. Se se for julgar unicamente pelo exame, o examinador terá que ser injusto.

E com a voz mais alta:

– Para fazer boa justiça, o examinador deverá levar em conta o aproveitamento do aluno durante o ano, as notas por ele obtidas durante o curso. Foi isso que a mesa fez.

Ficamos todos de orelha em pé. O Henriquinho, que estava ao meu lado, tocou-me fortemente com o cotovelo.

– Foi isso que a mesa fez – repetiu o velho Lobato. – Entre os dois, que tão brilhantemente disputaram a medalha de ouro, há uma pequena diferença de notas, obtidas durante o ano. Os examinadores resolveram dar o prêmio àquele que alcançou, durante o ano, as maiores notas.

E fez nova pausa. E tossiu de novo. E prosseguiu:

– A mesa, por maioria de um voto, é de opinião que a medalha de ouro seja conferida ao aluno...

E pronunciou o nome do Jaime.

Teve-se a sensação de uma rajada de gelo entrando inesperadamente pelas portas e pelas janelas.

Todo mundo ficou surpreendido, boquiaberto. E ninguém falou. E, durante segundos, pesou na sala um silêncio que magoava como uma reprovação.

Um mal-estar angustioso punha rugas nas fisionomias. Olhei dona Maria Eulália. Estava cor de cera, com um leve tremor nas mãos.

Olhei o professor João Câncio. Havia baixado a cabeça, constrangido. Devia estar sofrendo horrivelmente com aquela injustiça.

Passa-se um minuto, talvez, de constrangimento.

O secretário convida o Jaime a receber o prêmio.

O menino, enfiado, tímido, caminha até a mesa.

O velho Lobato prega-lhe a medalha no peito e abraça-o. Os professores abraçam-no, em seguida.

Nem uma palma, nada.

O premiado, de rosto em fogo, zonzo como se tivesse levado uma bordoada na cabeça, volta para o meio da sala, caminhando à direita e à esquerda, sem direção. Afinal, dá com os olhos na mãe e corre para ela.

Dona Maria Eulália vai-lhe ao encontro, toma-o nos braços e beija-o.

E, depois de beijá-lo, tira-lhe a medalha do peito e olha para um lado e para outro, como à procura de alguém. Afinal, dá com os olhos no Floriano, que está sorridente ao lado da mãe, e dirige-se para ele.

Uma surpresa faísca em todos os olhares. Parece que toda a gente percebe o que se vai passar.

Dona Maria Eulália aproxima-se serenamente do filho da engomadeira e, sem um tremor nos dedos, começa a pregar-lhe a medalha ao peito.

A Idalina, pasmada, levanta-se, faz um gesto para impedi-la. E a grande dama puxa-a para o seu seio, prende-a fortemente nos braços e estala-lhe um beijo na testa.

E ficam as duas unidas, por muito tempo, seio a seio, rosto a rosto, comovidas, silenciosas, lavadas de lágrimas.

Durante minutos, a sala pareceu vir abaixo com tantas palmas.

Homenzinho

Ao terminar a cerimônia da entrega dos prêmios, titia Calu levou-me para casa.

Eu estava num dia de plena felicidade. Ia pela rua a rir para tudo, exibindo no peito a medalhinha de prata que me coube e a exigir, com os olhos, que os transeuntes olhassem a medalhinha.

O almoço, em casa de titia Calu, foi quase um almoço de festa. Titio Eugênio levantou o copo e bebeu à minha saúde.

– À saúde – disse ele – do menino brioso que conquistou um dos mais belos prêmios do colégio em que se educa!

Três dias depois, eu deveria tomar o gaiola para ir passar as férias com meus pais.

À noitinha, titia mandou que o Julinho saísse a passear comigo.

– Vá despedir-se da cidade – disse-me –, que você irá passar três meses longe dela.

Saímos para a rua. Eu ia silencioso ao lado do Julinho, sonhando, fantasiando, fazendo castelos no ar.

Via-me chegando à vila. O porto estava assim de povo. Toda a gente miúda à minha espera: o Canutinho, o Antonico, a Conceição, o Bicho-de-coco, a Biluca, o Fala Mole, o Pata-choca, o Dedé, o Laleco, o próprio Sinhozinho... A escola inteira ali, no porto...

E a gente grande também: o padre Zacarias, o pai do Sinhozinho, o juiz municipal, o telegrafista, o coletor, dona Janoca, dona Neném, dona Rosinha, o pai e a mãe da Biluca, o Biné...

Eu saltaria com a medalhinha no peito.

Minha mãe a beijar-me longamente...

Meu pai a apertar-me nos braços...

Vovô e vovó afogando-me em carinhos...

A meninada disputando o meu braço, olhos acesos em cima da medalhinha...

Pedestal do cruzeiro, à noite... Eu contando novidades... A meninada, em derredor, ouvindo religiosamente.

Durante as férias não haveria na vila ninguém mais importante do que eu.

Naquele momento íamos entrando no Largo do Carmo.

O Julinho parou.

– Onde vamos agora?

– À farmácia – respondi.

– Fazer o quê?

– Ver as bolas de luz.

Uma censura relampejou-lhe nos olhos.

– Que ideia!! Não sei como você não quer uma mamadeira! Você não é mais criança. Terminou hoje o curso primário. Já é, portanto, um homenzinho. Então um homem se abala de casa para ver globos luminosos de farmácia?

E com um tom de voz que era uma vaia:

– Ora, seu Cazuza!

Caí em mim. Num segundo tudo se transformou dentro do meu ser.

Empinei o peito. Tomei um ar de quem estava cheio de vento. Meti os dois polegares nas cavas do coletinho e fui andando para a frente, a passos firmes.

Ninguém me olhava. Ninguém fazia caso de minha figurinha.

Mas eu estava convencido de que toda aquela gente me apontava, dizendo:

– Este é o Cazuza! Ele não é mais criança. Agora é um homenzinho!

Rio, dezembro de 1936 a junho de 1937.